陈浩展

广东汕头市人。中国戏剧文学学会、汕头市作家协会、汕头市戏剧家协会会员、潮汕历史文化研究中心特约研究员。2009年由广东省潮剧发展与改革基金会推荐到上海戏剧学院参加潮剧高级编导研修班，获结业证书。

曾编七场历史潮剧《风雨红头船》获首届（2011年）全国戏剧文化奖·大型剧本铜奖；新编古装潮剧《苏秦》（合创）获第八届（2013年）全国戏剧文化奖·大型剧本铜奖；新编古装潮剧《神医与神探》（合创）获广东省剧协、广东省潮剧发展与改革基金会潮剧剧本征集铜奖；新编历史潮剧《纤尊县令》（合创）刊登于《中国剧本》（2016年第26期）；新编小潮剧《巨轮飞转》获汕头市（1972年）文艺汇演优秀奖；新编五场现代剧《夺媒赞》、新编古装潮剧《风雨媒》（合创）由广东省汕头市红阳潮剧团演出。

近年完成大型历史潮剧《郑成功举义》（合创）剧本修编、新编潮剧《大峰传》（合创）、《风云汇路》（合创）。

蘭芷劇集

陈浩展 编著

暨南大学出版社
JINAN UNIVERSITY PRESS

中国·广州

图书在版编目（CIP）数据

兰芷剧集／陈浩展编著. —广州：暨南大学出版社，2019. 12
ISBN 978 - 7 - 5668 - 2833 - 0

Ⅰ. ①兰…　Ⅱ. ①陈…　Ⅲ. ①剧本—作品综合集—中国—当代　Ⅳ. ①I230

中国版本图书馆 CIP 数据核字（2019）第 286112 号

兰芷剧集
LANZHI JUJI
编著者：陈浩展
···

出 版 人：徐义雄
责任编辑：黄　斯
责任校对：林　琼　黄晓佳
责任印制：汤慧君　周一丹

出版发行：暨南大学出版社（510630）
电　　话：总编室（8620）85221601
　　　　　营销部（8620）85225284　85228291　85228292（邮购）
传　　真：（8620）85221583（办公室）　85223774（营销部）
网　　址：http：//www. jnupress. com
排　　版：广州良弓广告有限公司
印　　刷：深圳市新联美术印刷有限公司
开　　本：787mm×960mm　1/16
彩　　插：8
印　　张：11. 5
字　　数：220 千
版　　次：2019 年 12 月第 1 版
印　　次：2019 年 12 月第 1 次
定　　价：75. 00 元

（暨大版图书如有印装质量问题，请与出版社总编室联系调换）

贺《兰芷剧集》出版

——写给陈浩展老师的诗

许　群

您走过了《心灯摇曳》① 的年代，

晚年的余热使您倍发光彩。

朝花夕拾依恋着故乡山水，

披肩挂佩的兰芷再度盛开。

我捧着您这本新剧集，

似看到您站在潮剧的大舞台。

《大峰传》里活现了宋大峰的传说，

辞官为民的历史丰碑千秋永在。

漂洋过海牵着那沉沉的乡愁，

《风雨红头船》满载着侨胞的家国情怀。

当一幕幕精彩纷呈而过，

我的心潮与您一样澎湃。

当潮汕的大锣鼓隆隆响起，

老师啊！您胸前已挂满闪光的奖牌。

---

① 《心灯摇曳》是陈浩展 2011 年出版的著作。

艺林添妙笔
潮剧绽新花

祝贺陈浩展新作《风雨红颜船》
荣获首届全国戏剧文化奖

庚寅季月
吴勤生

汕头市委原常委、宣传部部长，潮汕历史文化研究中心理事长吴勤生题词

鮀城着春時
百花齊放爭嬌媚
人文日益盛
社區繁花蕊盈枝
生機連地莖
碩果餘香滿車籬
歲晚君自賞
怡情萬斛寫新詩

陳驊 庚寅書於鮀城

广东潮剧院原副院长、潮汕历史文化研究中心原副秘书长陈骅书

浩然正氣撰青史

展筆忠誠修錦章

賀陳漢展學棣佳著出版

歲次庚寅夏月二〇一〇年八月

陳振鵬題

汕头老游击队员联谊会副秘书长陈振鹏撰联

著名书法家郑冠明先生题词

序 一

写好地方题材，笔迹留言忆乡愁

陈浩展同志执着钟情于文学。近十几年来，他一直坚持从事文学创作，既写散文，也写小说和戏剧。近日，他将独创新编历史潮剧《风雨红头船》、合创新编古装潮剧《神医与神探》、合创新编历史潮剧《风云汇路》和合创新编古装潮剧《大峰传》汇编成《兰芷剧集》，要我写几个字，我很高兴地答应了。

《兰芷剧集》的书名起得好，应是取自屈原《离骚》"扈江离与辟芷兮，纫秋兰以为佩"。其中，《风雨红头船》写乾隆年间关于红头船的故事；《神医与神探》写名医李时珍的故事。此二剧均写得有血有肉，寓意深远。写戏剧，不是轻而易举的事，既要营造戏剧冲突、形成高潮，又要用三套不同的"拳脚"、三种不同的功力。浩展同志早年便与文学结缘，文学素养很好，对戏剧体裁的驾驭，相当得心应手。

值得一提的是，浩展同志的文学创作，一直秉持"源于生活，高于生活"的原则。他的素材，均属生活情愫的累积，都是岁月中的辛、酸、苦、甜，他能透过素材，提炼出对生活和社会的感悟，这正是画龙点睛之笔。"尽管岁月的蹉跎放慢了创作的脚步，生活的气息却充实了你这晚成的大器"，许群先生这两句诗，是对年逾古稀的浩展同志再好不过的概括。"莫道桑榆晚，为霞尚满天。"我们期待浩展同志在新时代、新思想、新步伐的号召下，写好、讲好中国故事，就富有浓厚生活气息的地方题材写出更多、更好的作品并搬上舞台，为汕头争创文化强市献上朵朵小花，充分发挥先进文化的作用，更好地为人民群众、为社会主义建设服务。

是为序。

钟展南[①]

2019 年 11 月

[①] 钟展南，汕头市原副市长、汕头市人大常委会原副主任、民盟汕头市委会原主委，现任汕头市关工委主任。

序 二

心灵的放牧

认识浩展同志，是他从汕头市红阳区生产办公室调入汕头五金公司供销科的时候。后来他任汕头市商业协会潮艺团团长，与文学戏剧结下隽永之情，数十年如一日，成为潜心渴慕文学的业余文艺创作者。喜闻他雕琢多年的戏剧之作《兰芷剧集》即将出版，我欣然为他作序。

书名"兰芷"，取自屈原《离骚》，应是作者自喻朝花夕拾之历史资料和生活素材，犹如朝夕披肩之兰芷，清香沁透心灵。细细品读新编历史潮剧《风雨红头船》和《风云汇路》，果如我所思。

我欣赏陈浩展同志作为一个业余剧作家的勇气和钻研精神。历史剧作者，在研究的选择上须与时代挂钩，在表现手法上要贴近百姓，以独具的史德、史才、史识点评兴衰得失，发前人未发之覆，剖析社会发展大势，缩短历史和生活的距离。因为历史是现实的昨天，又导向明天。我观两个"风剧"，表现的虽是不同时代，在这一点上却一脉相承。《风雨红头船》写乾隆年间缅夷犯境，兵灾粮荒不断，侨眷先民乘红头船，漂洋过海逃生，发迹后回归梓里，赈济灾民，破镜重圆。《风云汇路》取材于《潮汕侨眷的生命线》《东兴汇路田野调查报告》等历史资料。写的是潮汕沦陷，侨批中断，潮汕先民历经坎坷，开拓东兴汇路秘道，将侨批送达潮汕，给侨眷带来生机。志士回国，亲人喜相会却难相认！谁之罪？这正是日本军国主义侵华的罪证，怎能不让国人深思！

侨批，是海外侨胞通过水客，连带家书付寄回国内的特殊汇款凭证，是反映海内外华侨华人社会的"百科全书"，跨国属性突出、记载翔实，入选为"世界记忆名录"。将侨批文化转化为潮剧，应考虑它在潮人思想发展史中所起的作用，又必须更新形式、加入时代特色，更须不断寻求困境和道德的新冲突。纵观全剧，能以翔实生动、鲜活的侨批史料入戏，影响面广，教育意义不浅，选得好，选得妙！我们就是要讲好这些潮人的故事、中国的故事，让潮汕青少年得以受启迪！

新编古装潮剧《神医与神探》则独辟蹊径，通过我国伟大的药学家李时珍在冤案面前寻毒探秘，调查取证，使蒙冤者获释的故事，从侧面塑造李时珍崇尚正义的光辉形象，讲述为官之道。这在中国致力于推动中医走向国际化，以黎庶安康为乐、代民众立言的今天依然有借鉴意义。

"好的戏剧应该是流露着智慧哲学的对话，反映着与其说是戏剧故事，毋如说是人们对历史、对祖先、对人的一种解释。"《大峰传》就是通过钩沉大峰祖师的史迹，抒写他先天下之忧而忧的炽热情怀。其中不乏佛门经典对话，揭示他"孤芳自贞官难做"，由仕转释广植福田的缘由。其同《神医与神探》一样反映了兰芷洁质。

陈浩展同志记忆力强，理解力也强。他激扬文字、纵论古今，热心至诚、才气横溢。虽已经年逾八旬，仍笔耕不辍，对文学戏剧情有独钟，讲好、写好中国故事，其言可信，其情可嘉，令我深为感动。我想，如果所有的业余剧作者都能以满腔的热忱，认真踏实地为潮剧的改革、发展贡献力量，业余文艺创作队伍定能不断壮大，新人定能辈出！

是为序。

张泽华①

2019 年 11 月

---

① 张泽华，汕头市原政协副主席，现为汕头市公益基金会会长、中国作家协会会员。本文于 2019 年 11 月 30 日发表于《汕头日报》。

序 三

史海钩沉话侨批

陈浩展先生的《兰芷剧集》即将问世，可喜可贺！

《兰芷剧集》中，有的剧作以侨批作为题材。侨批，是侨乡的"特产"，是数以百万计侨眷的经济"生命线"，也是维系海外侨胞与家乡眷恋情怀的纽带。其民间特色鲜明，跨国性突出，内容丰富多彩，记载系统翔实，可谓是"社会百科全书"，具有档案性质。国际汉学大师饶宗颐教授高度评价侨批"可谓是继徽州契约文书之后，在中国历史文化上的又一重大发现"。侨批于 2013 年成功入选"世界记忆名录"。

作为潮汕历史文化研究中心特约研究员的陈浩展先生，热心侨批文化研究，并发表了相关论文，分别收入《世界记忆遗产——侨批档案研讨会论文集》等。与此同时，他还积极探索如何运用潮剧这种传统艺术，彰显这一世界遗产深厚的文化内涵，并邀我和广东潮剧院原副院长、潮汕历史文化研究中心原副秘书长陈骅先生商议。大家认为，侨批充分体现了心系家国、知恩图报、坚忍不拔、勇于开拓、脚踏实地、笃实忠信的潮人精神，佐证了海外侨胞作为海上丝绸之路亲历者、开拓者的身份，凡此都具有重要的现实意义。正是这些共同认知，使我这个潮剧的门外汉也愿为此尽绵薄之力。但仅是"绵薄"而已，付出最多的是浩展先生。

潮汕侨批有据可查的历史，在一个半世纪以上，作为文学作品可选取其中的典型人物、事件进行创作，我们最后选定抗日战争期间的东兴汇路，由浩展先生执笔，历时两年，编成了历史潮剧《风云汇路》。此剧讲述的是太平洋战争爆发，侨批汇路中断，为救上百万侨眷于水火，佳兴批馆经理黄德煌冒着生命危险，历尽千辛万苦，奋力开拓侨批递送秘密通道的历程。著名爱国侨领庄世平先生说，侨批是"历史真实的见证"，也是了解家情、乡情，进行爱国主义教育的好题材。世界记忆工程亚太地区主席埃德蒙森则认为，"侨批中所涉及的人群，成千上万，他们作为国际移民，承载着东西方交流，并持续了数个世纪，留下了丰富的档案。这些文件，不仅仅属于他们自己，也属于一个时代，属于世界。"

这，就是在全球视野中的侨批！

是为序。

王炜中[①]

2019 年 11 月

---

① 王炜中，潮汕历史文化研究中心原理事长，新华社福建分社原副社长、高级记者。

目
录

编剧：陈浩展　　/

风雨红头船

新编七场历史潮剧

获评首届全国戏剧文化奖·大型剧本铜奖　　/

入选《上戏新剧本》　　/

剧情简介

潮剧《风雨红头船》取材于《清实录》《达信大帝》等樟林古港百年沧桑考述。

乾隆年间，缅甸犯境，兵灾粮荒连年不断，海阳百姓苦不堪言。为逃荒、避债，乔书衡被逼乘红头船下南洋抵达暹罗湄南，在尖竹汶战斗中与莫尼公主结下深情厚谊。乔书衡经过艰苦创业成了富甲南洋的粮商。

乔书衡南洋发迹，毅然义捐大米千石，装乘红头船运回海阳赈济饥民。事为海阳县令何青得知，何追思昔日勒石彰功受阻，旧恨新仇下遂萌复仇恶念，勾结张天道制造劫粮案，反诬乔书衡通匪济盗，企图一箭双雕，切断女儿与乔书衡的姻缘关系。

乔书衡与何玉英青梅竹马，私订鸳盟。何玉英得知父亲陷害乔书衡阴谋时，义闯公堂大义灭亲，护夫冤狱告状。

巧逢朝廷钦差闽粤总兵参将许宾奉旨南巡，拨乱反正，使乔书衡何玉英这对情钟意笃的情侣终成眷属。

得道多助。忠君爱国、爱民如子的许宾在火砻机开业庆典之时与失散的妻子莫尼破镜重圆。

时间：清乾隆年间

地点：潮汕樟林古港

人物：乔书衡——暹罗湄南粮商。（小生）

　　　许　宾——清闽粤总兵参将。（老生）

　　　何玉英——海阳县令何青之女；乔书衡未婚妻。（闺门旦）

　　　莫　尼——暹罗吞武里王朝，郑皇达信大帝义女；许宾失散之妻。

　　　校　尉——许宾暗访侍从。（净）

　　　卫　舫——乔家红头船押班，乔书衡义弟，秋菊之兄。

　　　张　氏——乔书衡之母。（青衣）

　　　春　花——何玉英侍婢。（花旦）

　　　秋　菊——张氏义女，卫舫之妹。

　　　阿　龙——张天道押班，卫舫义兄。

　　　何　青——海阳县令，何玉英之父。（官袍丑）

　　　曲　阜——海阳县衙师爷。

　　　张天道——"隆顺号"船主，何青同党。

　　　中军、家院、班头，衙役、海盗若干。

　　　批脚、尤伯、蟹姨，渔工、乡民、男女青工若干。

序幕　独立寒秋

[清乾隆年间。

[樟林古港码头。

[码头上红头船，抛锚的大绳索，斜跨向侧幕。即将扬帆的
　红头船，在波涛汹涌海天迷蒙的岸边晃晃荡荡。

[全场灯暗。死寂。

[台内高喊：西边，十万缅军，兵临孟勘城下！南海，土匪
　盗贼，上岸劫掠来了，走啊！继而喊声四起：走啊！

[乐起：沉重，压抑，波涛起伏。

[幕前歌：

　　　　　西域起烽烟，

　　　　　南疆海盗生。

　　　　　兵灾粮荒年复年，

　　　　　海阳处处尽悲声。

[灯亮幕启。

[乔书衡肩背竹篮，腰缠浴布，在歌声中气宇轩昂上。卫舫
　心事重重跟上。

卫　舫　（忧心忡忡）书衡哥，我怕，我怕死在半海，（犹豫不决）
　　　　我，我不想去南洋！

乔书衡　我不怕，你不走，我走！

[阿龙内喊：卫舫，卫舫——张天道、阿龙领两役追上。

[何玉英上。

张天道　（上怒吼）卫舫，你给我站住！

卫　舫　张船主，你，你想干什么？

张天道　恁阿公，向我家借钱造红头船。你爷爷死在半海，你想逃
　　　　债，没那么容易！

卫　舫　祖先欠债，累子及孙，岂有此理！

张天道　（盛气凌人）什么岂有此理，老子的话，就是理。（威胁）有
　　　　钱还钱，没钱掠人抵债！（示役）来，拿了！（二役欲动手）

乔书衡　（怒不可遏）谁敢动手?!张船主，你，你不要欺人太甚啊！

张天道　（不满）哎哟，乔书衡，你这"鸟仔"，父死南洋，母病床

上，穷光蛋一个，有多大能耐，想做卫舫后盾?!

乔书衡　兵灾粮荒，连年不断，他爷爷海上遇难，无依无靠，如此追讨，岂不逼死人命?!

张天道　杀人偿命，欠债还钱，子还父债，天经地义。（示阿龙）阿龙，快动手，（阿龙心有为难迟迟不动，张无可奈何示役）怎等站着干什么?!还不快快动手?!（二役欲绑卫舫）

何玉英　（义愤填膺）不准动手!

张天道　（发现）噢，原来是何小姐!（上前恭迎）何小姐!

何玉英　张船主，你就让他走吧!

张天道　（恭维）是，是!我知，我知!（示役）走!还不快走!（心有不甘悻悻地下）

何玉英　书衡哥!

乔书衡　玉英妹!　（动情相拥）

何玉英　书衡哥，你!

乔书衡　我走!我不走，难道在家活活等死?!闯荡南洋，虽九死一生，穷则思变，尚有一线生机!

何玉英　（赞许）书衡哥，我知你，有志之人。（心中难言之隐）你走了，（担忧，泪流满面）别忘了玉英啊!

乔书衡　书衡身为七尺男儿，一诺千金。你等着，我会回来的!

　　　　［台内传来阵阵海螺声。内喊：快快上船，船就欲开行啦!乘船者熙熙攘攘相继上船。

　　　　［天幕上雷鸣电闪。乐拟音瓢泼大雨。

乔书衡　玉英妹!　（手挽手，依依不舍，泣别）

何玉英　书衡哥!

　　　　［玉英挥泪送别。乔书衡、卫舫慢慢入场。

　　　　［台内歌：

　　　　　　　　啊……啊……

　　　　　　　百年来，代代潮人下南洋。

　　　　　　　何所惧，绝境求生穷思变。

　　　　　　　红头船，前赴后继勇向前。

　　　　［天幕出现剧名"风雨红头船"。

　　　　［剧名下字幕：仅以此剧献给下南洋谋生创业的先民们。

　　　　［幕徐下。

第一场　湄南释隐

［暹罗吞武里王朝，郑皇达信大帝年间。

［湄南黎明禅寺码头。

［中幕前。用全幅式直垂下的幻灯投影：战后大城残垣断壁、
满目疮痍。满载物资的战船川流不息。仍有劫后余生之感。

［乔书衡肩挂绷带，包扎着负伤之手，神采奕奕上。

乔书衡　（唱）大城禁阙传鼟鼓，

　　　　　　　北疆缅兵凌暹土。

　　　　　　　牧马椰林碎金瓯，

　　　　　　　王府侯爷罢歌舞。

［莫尼上。

乔书衡　（唱）家国沦亡民遭劫，

　　　　　　　店闭坊停田园芜。

　　　　　　　郑皇叱咤醒国魂，

　　　　　　　仗剑平虏战吞武。

　　　　（寄白）坤泰、坤真，团结复国！

莫　尼　（异常兴奋）坤泰、坤真，哈，哈，哈！

乔书衡　（发现）莫尼公主！（恭迎）公主！

莫　尼　说得好，说得妙！暹语坤泰是泰人，坤真就是华裔、中国侨
　　　　民。我义父达信大帝，高举抗缅复国义旗，正是以这口号为
　　　　宗旨。

乔书衡　郑皇是华裔暹人，率领暹罗人和中国人，修工事造战船，抗
　　　　击缅兵收复大城！

　　　　（唱）平内乱制暹奸，血染征袍战河山。

　　　　　　　尖竹汶一战决雌雄，沉舟破釜。

莫　尼　国家危难之时，你挺身而出！

　　　　（唱）我见你，上战场，意决志坚，

　　　　　　　尖竹汶，忘生死，浴血奋战。

乔书衡　（唱）我见你，背药箱箪食壶浆，

　　　　　　　斗顽敌，护伤员冲锋在前。

莫　尼　（唱）我见你，肩挂彩浑身血染，

忙敷药，扎绷带背你下战场。

乔书衡　（唱）公主你，瀹泪眼背我下战场。

莫　尼　（唱）书衡你，好男儿令人钦羡。

　　　　　　〔卫舫手提船用斧头上。

乔、莫　（旁唱）血泪结下情和义，（想相拥又止步）

　　　　　　　　心有爱，欲言、欲言不敢言。（欲言又止）

莫　尼　（旁唱）书衡他，大城社稷一精英。

乔书衡　（旁唱）莫尼她，亭亭玉立公主身。

莫　尼　（旁唱）书衡他，血战湄南满豪情。

乔书衡　（旁唱）莫尼她，满怀情义令人敬。

莫　尼　（旁唱）莫尼我，有心与他结秦晋。

乔书衡　（旁唱）书衡我，想效张珙与莺莺。

莫　尼　（旁唱）怎乃是，许宾生死未知情。

乔书衡　（旁唱）怎乃是，昔与玉英订鸳盟。

卫　舫　（见状悦，旁唱）一个有情，一个有义，

　　　　　　　　　　卫舫我，看了真高兴。

莫　尼　（情埋心坎）书衡！

乔书衡　（明知，不敢追问）公主！

莫　尼　书衡啊！

　　　　（唱）我敬你，壮军威捐资献船。

　　　　　　　我敬你，抗缅夷社稷栋梁。

乔书衡　（谦恭地）公主言重了！

　　　　（唱）军民们反扫荡，血战湄南，

　　　　　　　御缅夷，为国护民理应当。

　　　　　　　人无气则死，国不保家何存?！天下兴亡，匹夫有责！

卫　舫　公主唅，阮阿兄说得好，国不保家何存?！（挥斧）恁看！

　　　　（唱）抗缅复国，热火朝天，

　　　　　　　参军参战，民心所向。

　　　　　　　泰人华人同一家，

　　　　　　　扛枪挥斧卫暹疆。

　　　　　　　侨民能工巧匠多，

　　　　（亮斧）卫舫利斧添力量。

三　人　（同唱）浴血奋战举义旗，

　　　　　　　　换来湄南艳阳天。

哈，哈，哈！

莫　尼　书衡，你战场负伤未愈，怎么就出来走动？

乔书衡　湄南战后重建，一派生机，书衡怎能闲得？

卫　舫　阮阿兄，看着湄南河上，船来船往，想着湄南火砻廊开工复产，整夜荞食荞睡。

　　　　［台内响起阵阵战船轮机隆隆声。

卫　舫　恁听，战船机声隆隆响，湄南处处忙重建。

　　　　［中幕启。天幕上湄南烟囱林立，船只川流不息，一派战后复兴繁忙景象。

　　　　［湄南河上水乡集市景致迷人。林荫柳下，男女欢娱，吹、拉、弹、唱，令人神怡。

乔书衡　（兴奋）公主，你看，湄南河上船只川流不息。

莫　尼　是啊，眼前一派复兴繁忙气象。

　　　　［女声独唱：

　　　　　　　　湄南河，轻舟荡桨扬碧波，

　　　　　　　　杂货铺，水上人家任漂泊。

　　　　　　　　卖水果，榴莲、山竹、红毛丹，

　　　　　　　　吆喝声，弹唱声，声声飘满河。

乔书衡　公主，我看着这水乡集市，听着这沿河叫卖弹唱之声，我就想起您！

莫　尼　哦，想起我?! 想我何来呀?!

乔书衡　十年前，初到南洋，书衡孑然一身。情何以堪！

莫　尼　是呀，十年前，你衣衫褴褛，食不果腹，扁担磨破肩膀。早晨码头背米入仓，晚上拉黄包车穿街过巷，夜里露宿街头，实在可怜！

乔书衡　（唱）黄包车雨淋日晒，

　　　　　　　　夜宿路边苦难挨。

莫　尼　（唱）坐你黄包车，知你唐山来，

　　　　　　　　见你人勤劳，诚实又可爱。

乔书衡　（唱）公主资助建粮店，

　　　　　　　　湄南帮我火砻开。

莫　尼　（唱）见你志气大，大城未来栋梁材。

　　　　　　　　四海皆兄弟，危难相助理应该。

乔书衡　知我者，公主也，书衡感激在心，永生难忘。

（唱）承蒙公主多青睐，
　　　将我书衡亲人待。
　　　雪中送炭情义高，
　　　深恩永记在心怀。
　　　好了伤疤不忘痛，
　　　莫忘乡亲陷苦海。

莫　尼　我知你深明大义，赤子情深。只是未知心中有何筹谋？

乔书衡　公主啊！
（唱）大城大清友好邻邦，
　　　湄南方兴商机无限。
　　　海阳百姓苦不堪言，
　　　捐米千石赈济家乡。

莫　尼　哦，捐粮赈济报效乡亲？

乔书衡　正是，公主啊！
（接唱）樟林港埠是原乡，
　　　　书衡立志振家邦。
　　　　想引科技进大清，
　　　　回乡筹建火砻廊。

莫　尼　不错，筹建火砻廊，科技兴邦，强国之举。建成之日，火砻机之事，莫尼亲自为你送去。

乔书衡　多谢公主了。

莫　尼　书衡，粮船回去，南海盗贼猖獗，一路需愈加小心才是。

乔书衡　公主言之甚是。粮船回去，船队首末定当互相照应，以防海盗劫掠。

卫　舫　书衡哥，我到码头，将千石大米装上红头船。

乔书衡　好。（对莫尼）公主，书衡就要回国去了，请多保重！

莫　尼　书衡！　（深情地手挽手，依依不舍）

乔书衡　公主！

　　　　［后台歌：
　　　　　　　　啊……
　　　　　　　怕别离，终别离。
　　　　　　　如今惜别，两情依依。

　　　　［切光定格。
　　　　［幕下。

第二场　驰海惊变

［时间：距前场数月。

［地点：海阳县樟林古港码头，秋日黄昏。

［二幕前。役甲手拿告示，役乙手提铜锣没精打采上。

役　甲　老爷命我贴告示，沿海乡民后撤五十里。

役　乙　敲铜锣食，我敲十几年，就是不识半个字。

役　甲　不识字，老爷留你衙门"吃掉米"。

役　乙　弟唉，你真以为我不识字，我言下之意——

役　甲　（猜想）假装糊涂?!

役　乙　算你聪明。阿兄给你说件"世情"。

役　甲　我耳拉长，倒想听听。

役　乙　暹罗米商乔书衡，红头船运来大米千石，救济海阳饥民。

役　甲　救苦救难，好事一桩。

役　乙　有人欢喜有人愁。阮阿老爷，终日盍食盍睡。

役　甲　吓就奇，父母官，唔爱救子民。

役　乙　所以嘛，识字掠无"蟛蜞"。你知老爷这告示，葫芦内装乜药，田螺几个弯?!

役　甲　这?!（领悟）不错，说来有理，无过你食盐敆过我食米。

役　乙　知就好，我打铜锣，你贴告示。

役　甲　好，来走。（下）

［许宾与校尉扮商人模样风尘仆仆上。

许　宾　（念）一颗丹心护社稷，

　　　　　　　三尺青锋扫狼烟。

　　　　　　　蒙主隆恩赐宝剑，

　　　　　　　密查暗访察民情。

　　　　下官许宾，十年前南海遇盗，夫妻失散，荆妻莫尼，乱中沉入海中，至今生死不明。驸马海上漂游奄奄一息，是我将他救起。护驾回京有功，官封闽粤总兵。海阳连年饥荒，民无生计，民心不稳。此番奉旨南巡，巧逢暹罗米商乔书衡，红头船运来大米千石，定然缓解海阳百姓兵灾粮荒困境。我今乔装闽商朱玉成，校尉改扮随从，主仆两人就此结伴同行。

校　尉　（对校）杨威！

校　尉　巡抚大人。

许　宾　（责）杨威，你！

校　尉　（领悟）噢，我给忘了，朱东家！

许　宾　（喜）哦，朱东家？

校　尉　不错，朱东家。

许　宾　哈，哈，哈。（对校）杨威，此地离樟林古港，未知尚有多远？

校　尉　不远，不远，就在前边。

许　宾　如此，前头引路。

校　尉　是，东家，来走！（许宾、校尉同下）。

　　　　〔二幕在沉重、激愤、波澜起伏的音乐声中徐徐升起。天幕出现樟林港码头，远处红头船桅杆上，旗徽在风中飘荡。天幕近处，舞台右侧，新兴街高大建筑物"永定楼"三字历历在目。舞台左侧安平栈、藏书楼，天后宫前，当朝宰相刘罗锅，亲笔题赐"海国安澜"横匾，在浓云密布和烟雨迷蒙中，依稀可辨。眼前一派悲怜惨景。

　　　　〔役乙敲铜锣上。役甲上将告示贴于码头显眼处。

役　乙　（高喊）众乡民听着，老爷有命，圻地内撤，片帆不准出海，谁敢违抗，严惩不贷！

　　　　〔众渔民肩挂衣衫，上身光着，下身穿着破旧短裤，愤愤不平，从船舱上岸。

渔民甲　不让出海，岂有此理?!

渔民乙　不出海，生计全无，活活等死！

众役工　天理良心，叫阮怎么活下去?!

　　　　〔尤伯、蟹姨、批脚等众乡民衣衫褴褛，肩背包袱，唉声叹气。一中年妇女，背着襁褓婴儿，手挽幼子，被衙役驱赶着上。

　　　　〔数衙役在班头带领下，手执皮鞭，威风凛凛，杀气腾腾，跟在后面高喊：走，快走！

尤　伯　唉！内徙五十里，欲阮离乡背井，此时肚困难耐！叫我如何走得?!

蟹　姨　老妇一时，口中饥渴，实难走动，苦啊！（瘫坐地上）

批　脚　（扶住、关切）看着实在可怜！尤伯、蟹姨，恁等歇歇再行吧！

尤、蟹　多谢批脚兄！

尤　伯　封船生路绝。（对天长叹）奴呀，恁父死在眼前！

蟹　姨　禁海银根断。（抹眼泪）天啊，叫我上天无路、入地无门！

批　脚　红头船不让出海，我这"水客"活活等死！

众乡民　圻地内撤，田园荒芜，无米下锅，死路一条，死路一条啊！

尤　伯　批脚兄，你说暹罗乔爷，运粮救灾，粮船何时来？！

批　脚　数日前饥民冲衙门闹粮荒，何老爷出动衙役镇压。此时乔爷
　　　　运粮赈济灾民定然有损县太爷威风，粮船何时能到，我看凶
　　　　多吉少。

班　头　（扬鞭抽尤、蟹）老东西，还不快走！

批　脚　（急阻）差爷，两老年迈，骨瘦如柴，实难走动，谅情，
　　　　谅情！

班　头　放肆，胆敢阻阮公事，难道不怕死！（向天扬鞭）

中　妇　（摇晃背上婴儿）呵，呵！勿哭，勿哭！

孩　童　（放声大哭）妈，妈！（抱住母膝）我，我怕！

中　妇　奴唅，勿惊！妈，妈就在你身边！

　　　　〔许宾、校尉站码头高坡僻静处眺望。

众乡民　（愤）差爷，你，你不要欺人太甚啊！

班　头　（气势汹汹）阮等奉命行事，谁敢不从，勿怪皮鞭无情，勿
　　　　怪皮鞭无情！（向天扬鞭）走，还不快走！

　　　　〔众乡民在皮鞭驱赶下，尤、蟹一跪一跌，无可奈何，愤愤
　　　　不平下。

　　　　〔后台独唱：

　　　　　　　　啊！

　　　　　　海禁内撤民颠连。

　　　　　　社稷安危一线悬，

　　　　　　海阳何日见青天！

许　宾　咳，圻地内撤，乡民流离失所，实非善策！民如水，君如
　　　　舟，水能载舟能覆舟，民无生计民心乱，社稷安危实堪忧。

　　　　〔何青坐着二役用手拟的轿子，满身傲骨，心事重重上，曲
　　　　阜跟上。

何　青　（念）官卑职微，像只"吸尾狗"，

　　　　　　　　只因它，卡不住，咽喉道。

　　　　　　　　何青我，七品县令，也苦争，

审时度势，我有一套。

（唱）樟林港，网罗船主，张天道。

独霸一方卡住海上咽喉。

上挂当朝大官和中堂，

下连樟林，

（夹念）合陇，南关，卡路，南洋，（转唱）樟林五税口。

施手段贴告示，内撤五十里。

大米千石如羔羊，自送虎口。

海上通道我做主，谁敢阻挠。

一声令下，上通下达随我愿。

本官百忧，百忧尽可抛！

可抛是可抛，衰鬼喉咙，梗着一块硬骨头。（撩开轿
窗喊）来，住轿！

〔二役撩轿帘，扶何出轿。

何　青　曲师爷！

曲　阜　卑职在。

何　青　圻地内撤当务之急，千万不可马虎。

曲　阜　安内攘外，万全之策，卑职定尽职守责。

何　青　未知事情进展如何？

班　头　（上）报：禀太爷，乡民已撤至凤凰山下。（下）

何　青　唉，乔书衡呀乔书衡，看你粮船此来欲奈我何？！（对曲）师
爷未知乔书衡船队，那千石大米何时到港？

曲　阜　船队离云沃，尚有百余里。

何　青　这么……（恶狠狠）乔书衡父子，偏欲与我作对，真真气煞
我也！

（唱）兵灾粮荒风云起，

刁民衙前乱是非，

几经镇压才稳住。

谁料节外又生枝，

书衡粮船米千石，

令我两难受牵制。

曲　阜　不错，红头船这千石大米，已成老爷心腹大患。（火上浇油）
老爷啊！

（唱）粮船此来莫轻视，

　　　　　　　　　事关民生与民意。
　　　　　　　　　若是让他计得逞，
　　　　　　　　　老爷声名定扫地。

何　青　（愤）不错，书衡这小子，如此所为，岂不坏我名声毁我
　　　　前程?!
　　　　（求助）未知师爷，有何良策?!

曲　阜　（唱）孔明妙算借弓箭，
　　　　　　　　俺借内撤把计施。
　　　　（近何附耳暗示）老爷，阮可……
　　　　（接唱）浑水摸鱼掩真情，
　　　　　　　　火中取栗好时机。

何　青　（思忖）火中取栗?（思忖领悟）哦，噢，不错，好，好计，
　　　　妙计!

青、曲　哈，哈，哈!（两人露出狡诈面目，相视狞笑。）
　　　　〔切光定格。
　　　　〔幕下。

第三场　西楼梦会

　　　　〔海阳县衙，何府后花园。置设香案、香炉、烛台、果品。
　　　　〔幕启。春花喜气洋洋上。

春　花　（上对内）有请小姐。

何玉英　（内声）待来。
　　　　（上唱）谁不爱良辰美景，
　　　　　　　　谁不爱皓月清宵。
　　　　　　　　怎奈我牵挂书衡，
　　　　　　　　心花不开心事难了。

春　花　（唱）小姐心思我知晓，
　　　　　　　乔相公遄罗音讯杳。
　　　　　　　后园拈香拜月老，

虔诚占卦慰寂寥。

（白）小姐，春花已在后花园摆设香案，可让小姐望月祷拜。

何玉英　也好，前头引路。

春　花　小婢晓得，小姐这里来！（走圆场进后花园）

　　　　［春花为玉英焚香。

何玉英　乔相公回归梓里之事，传闻纷纷。春花，你可设法前去打探
　　　　一番。

春　花　我知，小姐，春花告辞了。（下）

　　　　［何玉英望月祷祝，香插入香炉。

何玉英　（唱）拜月华，叩苍天，
　　　　　　　一炷清香表衷肠。
　　　　　　　香烟篆出平安字，
　　　　　　　瑞霭祥云绕乔郎。
　　　　　　　二炷清香发馨芳，
　　　　　　　香烟缕缕凌云天。
　　　　　　　佑我乔郎有成就，
　　　　　　　护国为民振家邦。
　　　　　　　三炷清香烟霭霭，
　　　　　　　琴瑟和鸣美姻缘。
　　　　　　　乔郎莫忘何玉英，
　　　　　　　南洋归来早团圆。

　　　　［何玉英祷拜毕，凭栏远眺，满怀心思，倚栏吹笛。

　　　　［后台独唱：

　　　　　　　　　秋风萧萧添愁肠，
　　　　　　　　　海禁内撤断炊烟。
　　　　　　　　　侨音杳杳侨批断，
　　　　　　　　　海阳百姓苦难言。

　　　　［曲终。何玉英怅惘呆望手中玉笛。

何玉英　乔兄呀乔兄，是你临行之时，赠我玉笛。是这玉笛，伴我度
　　　　过多少漫漫长夜。如今睹物思人怎不令人情思满怀？

　　　　（唱）万里长空，月朗星稀。
　　　　　　　清辉良夜，难解相思意。
　　　　　　　想当年，两人月下同盟誓，
　　　　　　　玉英我，贞操苦守护郎志。

乔郎他，七尺男儿志气高，
南洋能发迹，胸怀壮志归梓里。
兄唱妹随，携手共兴樟林港，
那时节恩恩爱爱共享太平年。
谁知道他身一去无消息，
玉英我，满怀凄楚有谁知，
数尽花信盼郎归。
奈何庭前喜鹊无语。
倚西楼望断秋水。
珠泪洗面君岂知。
乔郎唉，你，你何日回海阳，
护社稷解民忧，还愿少年时。
秋风拂烟扑我面，
但觉昏昏恹恹入梦里。

[何玉英顿感烟气扑面精神疲倦，移步石椅。

[何玉英伏石椅上，灯光徐徐转暗。石椅周边烟雾缭绕。少顷转现梦境。

[设 A、B 区。由导演、灯光、置景师，处理何玉英与书衡不同场景同入梦境，若即若离。

何玉英　（A 区唱）书衡搭乘红头船，
　　　　　　　　　他身孑然离家乡。
　　　　　　　　　无奈竹篮装甜粿，
　　　　　　　　　浴布当床下南洋。

　　　　（茫然苦盼）书衡！你，你在哪里?!

[乔书衡挑着沉甸甸的包袱从 B 区上。

乔书衡　玉英！我，我在这里！
　　　　（B 区唱）书衡我，逃荒离家下南洋，
　　　　　　　　　到暹罗，日挑包袱夜宿路边，
　　　　　　　　　觅咕哩，被人卖去当洋工。
　　　　　　　　　苦当乐，烤风曝日走四方。
　　　　　　　　　叹只叹，汗水泪水渗血水，
　　　　　　　　　书衡我，人前有泪不轻弹。
　　　　　　　　　哈，哈，哈！（匆匆欲下）

何玉英　（A 区仿佛见到书衡）书衡你，你欲往哪里？

乔书衡　（B区仿佛见到玉英）玉英，为兄去去就来！（下）

何玉英　（A区懊丧唱）分明书衡到眼前，

　　　　　　　　　　　缘何一闪又不见。

　　　　　　　　　　　暹罗十载音讯杳，

　　　　　　　　　　　玉英盼郎眼望穿。（四望寻觅）

　　　　〔乔书衡穿西服飒爽英姿，从B区上，突破A、B区界线。书
　　　　　衡从A区走进B区，与玉英相遇。

乔书衡　英妹，为兄不是回来了吗?!

何玉英　（擦干眼泪，欣喜若狂）噢，乔兄，你，你，你真的回
　　　　来了?!

乔书衡　英妹，我真的回来了!

何玉英　乔兄！

乔书衡　英妹！（俩人紧紧拥抱）

　　　　〔灯光由暗转亮，何玉英梦境终，现原境，其仍伏石椅上。

何玉英　（梦语）乔兄，乔兄！

春　花　（上，见状猜透梦境）小姐，你梦见乔相公了！

何玉英　（惊醒，羞）哦，我?!（尚在蒙眬之中）

春　花　（高喊）小姐！

何玉英　（嗔怒）春花，你好大胆！

春　花　是呀，是春花，吃了豹子胆，才敢惊扰小姐，独角戏！

何玉英　（嗔怪）啐，又是你这饶舌的鬼丫头！

春　花　（有意挑逗）哦，我饶舌，好呀，小姐要我打探乔公子消息，
　　　　如今说我饶舌，春花只好，闭口不说了！

何玉英　咋说，莫非乔郎，有消息了?（急问）春花，快说，快说啊！

春　花　（用两小食指做十字封口）

何玉英　（求助地）春花，你不饶舌，你不饶舌，我，我的好丫头！

春　花　（悦）小姐说我不饶舌，春花就，开口说了！小姐呀！

　　　　（唱）小姐心事我知机，

　　　　　　　只因月圆人不圆。

　　　　　　　乔公子何时回乡里，

　　　　　　　一水之隔近在身边。

何玉英　（喜）春花，莫非乔郎真回来了？

春　花　（忧心泄气）咳，乔公子，回是回来了，就是……（吞吞吐
　　　　吐）就是……（缄口）

何玉英　（焦急追问）春花，说呀，为何不说了？

春　花　（无可奈何）唉，乔公子，人虽回来，就是，不能到你身边！

何玉英　却是为何？！

春　花　船离云沃还有百余里，船停哪个码头，谁能晓得，小姐若是急着知情，觅阮家太爷一问便知！

何玉英　（嗔怪）啐，你这鬼丫头切莫胡说乱道。（对春花）春花，你回房歇息去吧！

春　花　我知，小婢告辞了。

何玉英　（兴冲冲念）乔兄离我百余里，

　　　　　　　　　仿佛人已在身边。

　　　　　　　　　我身犹如离弦箭，

　　　　　　　　　速找爹爹问知机。

　　　　〔幕下。

第四场　抗父护夫

〔时间：紧接前场秋夜。

〔地点：何府后花园。

〔中幕前用全幅蓝色纱帘垂下，作为碧海蓝天背景。四艘画上红头船滑行船体作屏幕。透过灯光，宛如航行大海船队，异常壮观。

〔许宾、校尉从中幕前上。

许　宾　（唱）海阳县，宫庙虽小妖风大，

　　　　　　　闹衙案，料定内中有隐情。

　　　　　　　似可见，官商勾结乱朝政，

　　　　　　　灾荒苦，海阳百姓泪无声。

　　　　　　　怕的是，民无生计民怨生，

　　　　　　　万岁他，钦点施恩赋重任。

　　　　　　　为臣子，受君恩宠焉能负圣命，

　　　　　　　眼前事，扑朔迷离待厘清。

　　　　　　［台内阿龙喊：张爷，张爷！

校　尉　（发现）噢，东家，前面有人高声大喊，不知是何事情。

许　宾　如此，俺可暂避一旁暗中看个明白！

　　　　　　［许、校同下，半隐半现暗观。

阿　龙　（随张天道上）张爷，你欲我，（亮信）我，我……（想将
　　　　　信交还张）

张天道　（威吓）阿龙，你，你敢不听从咁！

阿　龙　（无奈）张爷，小人，小人听从就是了！

张天道　事成之后，定有重赏，若有半点差错，当心你的脑袋！
　　　　　哼！（下）

阿　龙　（念）我阿龙，从小家穷，
　　　　　　　　当名押班度半生。
　　　　　　　　张船主百般来威逼，
　　　　　　　　欲我将信藏在卫舫身。
　　　　　　　　此事若是做成功，
　　　　　　　　书衡主仆定丧命。
　　　　　　　　我与卫舫患难结兄弟，咳，这事我进退两难，我真不
　　　　　　　　知如何下手！天理良心，天啊！我实在下不了手！（忧
　　　　　　　　心忡忡）

　　　　　　［许、校两人从僻处突然出现。

校　尉　请问这位大哥，是张船主押班？

阿　龙　（惊）你，你怎知道?！

许　宾　大哥不用惊慌，你与张船主谈话，张船主对你百般威迫之
　　　　　事，阮等一清二楚，知你心有为难，故而有意相帮。

阿　龙　这……

许　宾　阿龙大哥，四海之内皆兄弟，患难相帮理所应当。

阿　龙　帮我？恁是何人?！

校　尉　他是朱东家，做生意的。我是他仆人杨威。朱东家与当朝大
　　　　　官，往来甚密，定能解你困境。

阿　龙　恁……（审视疑惑）哦，做生意人?！（不以为意）

校　尉　不错，阮是做生意人！

阿　龙　（旁唱）姓朱的不像做生意。

许　宾　（旁唱）阿龙他为难又心疑。

阿　龙　（旁唱）踏错脚一命归阴司。

许　宾　（旁唱）须设法给他力量和勇气。（示意校尉露剑）

校　尉　（领悟唱）解危局可比箭上弦，
　　　　　　　　护正义何须把头低。（有意袒露身后尚方宝剑）

阿　龙　（发现旁白）宝剑，宝剑！（喜出望外）哎哟，这就好了，有
　　　　了它，怕什么。（对许）朱东家，我阿龙性格直爽，直哩直
　　　　过箭，弯哩弯有势。怎既心知肚明，多谢恩人指引！

许　宾　如此也罢，阿龙，你可依张船主计划行事。（对校）杨威，
　　　　你找几位弟兄辅助阿龙，张天道动手之时乱中将乔书衡
　　　　救走……

阿　龙　（抢话）送他母亲张氏家中。

许　宾　不！要将乔书衡藏在何府后花园。

阿　龙　这就奇，离狼窝进虎穴，白白去送死！

许　宾　老夫自有妙策。（对校）杨威，你要跟踪粮船知它去向。

校　尉　我知。（对龙）大哥，来走！

　　　　[许宾、校尉、阿龙，随四艘红头船移动入场。

　　　　[在沉重抑郁音乐声中，张天道带领一群蒙面海盗，乘船气
　　　　　势汹汹上场。

张天道　（念）奉了师爷命，
　　　　　　　以假来充真。
　　　　　　　劫粮掠书衡，
　　　　　　　船舱设牢狱。
　　　　　　　众位兄弟！

众海盗　张船主！

张天道　时间到叫掠就掠，叫杀就杀，粮船劫往云沃湾，不得有误！

众海盗　阮等知道，一切听从吩咐。

张天道　嗄好，弟兄们！快快打桨船往云沃开！

众海盗　船往云沃开呀！

　　　　[张天道率众撑船下。

　　　　[灯光转暗，台内喊搜呀杀呀！喊杀声震天。蓝色纱幕，波
　　　　　光闪闪，海浪涌动。

　　　　[中幕前，张天道率领蒙面海盗出场冲杀。卫舫、乔书衡被
　　　　　冲散，乔书衡被救。卫舫被抓。由导演设计武打场面。

　　　　[灯亮中幕启。大幕出现海阳县何府后花园。园一边置一桌
　　　　　二椅，一墙相隔，园另一边有园窗可彼此相视。

〔内声：老爷有命，后花园摆酒侍候。

〔家院提酒具置桌上斟酒。

家　院　（斟毕对内）有请老爷！（下）

何　青　（内声）嗯哼！

　　　　（上唱）风清月白酒临风，（边饮边赏月）

　　　　　　　　心想事成一宗宗。

　　　　　　　　书衡主仆瓮中鳖，

　　　　　　　　千石大米掌控中。

　　　　　　　　好酒，好酒呀！

〔何玉英兴冲冲上。

何玉英　（上对何青）女儿见过爹爹，爹爹万福！

何　青　女儿免礼！（发现）女儿，你为何面容憔悴，两眼失神？！

何玉英　爹爹，女儿满怀心事，安睡不得！

何　青　噢，所为何事？！

何玉英　女儿与书衡，实难割舍，爹爹啊！

　　　　（唱）书衡是儿学府同窗，

　　　　　　　经纶满腹壮志在胸。

何　青　（唱）书衡并非官家子，

　　　　　　　怎堪匹配女儿身。

何玉英　（唱）大清栋梁满豪情，

　　　　　　　世间难觅此精英。

何　青　（唱）博学多才千千万，

　　　　　　　何必独守怀痴情。

〔阿龙一众扶书衡越墙进后花园，乔藏于园窗处，刚好与何
　青父女一墙之隔。

　　　　（寄白）玉英，古往今来，女儿在家从父，出嫁从夫。儿呀！

　　　　（接唱）儿女婚嫁父母定，

　　　　　　　　媒妁聘礼是凭证。

何玉英　（唱）书衡赠儿传家宝，

　　　　　　　玉笛定情可为凭。

乔书衡　（窗内）是啊，我与玉英同拜天地生死不离！

何玉英　爹爹，女儿已同书衡，私订终身了！

何　青　（一怔）咋说，汝已同书衡，私订鸳盟了么？！

何玉英　正是，如今生米，已成熟饭了。

何　青　哎咋，逆女你啊！

　　　　（唱）逆女你，实不该，

　　　　　　　离经叛道胡乱来。

　　　　　　　家规族法全不顾，

　　　　　　　气煞为父痛心怀。（对英）

　　　　　　　女儿，爹爹劝你，这桩婚事，还是退了吧！

乔书衡　（气愤）退婚?! 真真岂有此理?!

何玉英　爹爹，退婚之事，女儿绝难从命！女儿生为乔家人，死为乔家鬼。欲我退婚，万万不能！

何　青　（怒责）真的万万不能吗?!

何玉英　正是，万万不能，万万不能啊！

何　青　哎咋，这个好奈啊！你，你，你……（欲打英）

何玉英　（步步紧逼）爹爹，你打，你打，你打啊！

何　青　（不忍下手）唉，真真气煞我也！

何玉英　（有意捅开秘密）爹爹，女儿何时能见书衡一面？

何　青　（一怔）玉英，你、你，你说什么?!

何玉英　女儿欲与书衡相会！

何　青　（惊慌旁白）莫非书衡运粮回来，玉英她早已知情?!

　　　　（旁唱）通匪济盗加他身，

　　　　　　　　定叫书衡丧生命。

　　　　　　　　女儿婚事从此断，

　　　　　　　　旧仇新恨全算清。

　　　　　　　　一箭双雕。对，就是这个主意。

　　　　（对英）也罢，待为父三思，你暂回房歇息去吧！

何玉英　（半信半疑）如此，女儿告辞了！

　　　　［何玉英假装从命，藏进花园隔墙一侧，刚好与乔书衡相遇。

何玉英　（发现激动地搂住书衡）书——衡！

乔书衡　（慌忙捂玉英嘴示意沉默）玉——英！

　　　　［内喊急报：班头求见！

家　院　（上）老爷，班头求见。

何　青　传他进来！

家　院　是！（对内）班头来见！

班　头　（上）禀老爷，大事，大事不好了！（神情紧张）

何　青　班头，何事惊慌？

班　头　乔书衡跳海失踪了！

何　青　（抓住班头手）咋说，书衡跳海失踪了?!

班　头　（浑身颤抖）正，正，正是！

何　青　谁人接应?!

班　头　纷乱之时，黑暗之中，意料之外，实不知道……

何　青　（气愤）一无所知，岂不白养了你，下去，与我下去!!

班　头　（胆战心惊）是，是，是！（下）

何　青　（变脸）这……这将如何是好?!（对家院）家院！

家　院　老爷！

何　青　快请师爷来见。

家　院　（对内）有请师爷！（下）

曲　阜　（上）见过老爷。

何　青　一旁坐下。

曲　阜　老爷，深夜传唤卑职，未知有何教谕?

何　青　师爷，乔书衡跳海失踪之事，你岂知道?!

曲　阜　卑职正在追查缘由。老爷啊！

　　　　（唱）乔书衡失踪非寻常，

　　　　　　　这迷案内中有文章。

何　青　（唱）是谁人能有此胆量，

　　　　　　　将他藏匿半点不露相。

　　　　（思忖）为何未见半点蛛丝马迹，（领悟）噢，是了，师爷言
　　　　之有理，这劫持藏匿之人并非寻常之辈。

曲　阜　是啊，藏匿者，胆识过人，能量不小。

　　　　（唱）众衙役追至后花园，

　　　　　　　乔书衡踪影全不见。

何　青　这……（目瞪口呆）难道女儿玉英?!

　　　　［园窗一侧，何玉英与乔书衡心怀不满。

何玉英　（墙内唱）这曲阜，奸宄又嚣张，

　　　　　　　　　刀笔吏刁顽又阴险。

乔书衡　（墙内唱）眼前事剑拔弩张，

　　　　　　　　　何所惧胆怯也枉然。

曲　阜　（唱）后花园看来有文章，

　　　　　　　小姐她胆量不寻常。

　　　　［园窗内，何玉英挽住想冲出去的乔书衡。

乔书衡　玉英妹，我不能连累你，我……（想冲出去）

何玉英　书衡哥，留得青山在，何怕没柴烧?!（推开乔径自冲出）

何玉英　曲师爷，本小姐在此，你奈我何?!

曲　阜　（茫然）何小姐，你!

何　青　（意外）女儿你?!

何玉英　是我将他送走!

青、曲　送往哪里?!

何玉英　已从后门出走，去向不明。

何　青　大胆逆女，胆大包天，竟敢庇护通匪济道之人，（对内）来
　　　　人啊!

班　头　（上）老爷，有何吩咐?

何　青　将她绑了!

班　头　（畏惧不前）老爷——?

何　青　拿下!

　　　　［班头欲将何玉英上绑，何玉英无所畏惧，回头向窗内示意
　　　　乔书衡不能冲出。

　　　　［园窗内乔书衡心情沉重，目光与何玉英相碰，何玉英用目
　　　　光制止乔书衡冲出。

曲　阜　且慢! 老爷啊!
　　　　（唱）老爷切莫气上胸，
　　　　　　　小姐并非有罪人。
　　　　　　　书衡虽然已逃脱，
　　　　　　　家中尚有老母亲。
　　　　［乔书衡听着忍无可忍。

乔书衡　（墙内唱）曲阜残忍下绝情，
　　　　　　　奇招牵连我娘亲。
　　　　　　　书衡并非怕死辈，
　　　　　　　何惧受屈入冤狱。
　　　　　　　我身倘若再隐藏，
　　　　　　　岂不成了不义不孝人。（冲出）

乔书衡　何县令，乔书衡在此!

青、曲　（目瞪口呆）乔书衡!

何玉英　书衡，你!

何　青　好，乔书衡，你，你来得正好!（对役）班头，与我绑了。

[班头上前绑乔书衡。

何玉英　书衡哥！（动情流泪相拥）
乔书衡　玉英妹！

何　青　左右，与我押下！！

衙　役　（上）领命！（带乔书衡下）

何玉英　（悲痛欲绝）乔兄，相公啊！（拉住乔书衡不放）
　　　　[切光定格。
　　　　[幕徐下。

第五场　冤狱诉状

　　　　[紧接前场。
　　　　[二幕前。

何　青　（内声）吩咐左右，将乔书衡押进船舱牢房！

班　头　（内声）领命，走！
　　　　[班头领二役，推五花大绑的乔书衡上。何青、曲阜随上。

乔书衡　冤枉！冤枉啊！
　　　　[秋菊扶张氏惊慌失措追上。

张　氏　太爷，太爷！（跪地拉住何青官袍）我儿冤枉，冤枉啊！

何　青　你儿书衡，通匪济盗，证据在握，你喊什么冤？叫什么枉?!

张　氏　求太爷明察，明察秋毫啊！

何　青　张氏！你到底松不松手?!

张　氏　（拒不松手）太爷，谅情，谅情啊！

何　青　你！你敢不松手！（用脚踢张）

张　氏　（松开何的官袍）哎哟！太爷，你……（张氏被踢，口吐
　　　　鲜血）

秋　菊　干妈！（急扶住，见鲜血心慌）哎呀，不好了！干妈口吐鲜
　　　　血，口吐鲜血了！

乔书衡　母亲，母亲！

张　氏　（挣扎踉跄）衡，衡儿……（倒地猝死）

乔书衡　（拼命挣脱，被役抓回）母亲，母亲！！

秋　菊　干妈！干妈！！（跪地放声痛哭）

何　青　（置之不理，对班头）走！

班　头　（推乔）走！快走！（何青、曲阜、班头、衙役同下）

　　　　〔二幕启。景现云沃湾，红头船船舱。此舱为何青秘密私设
　　　　牢房。舱内，铁索连着木柱，斜跨舞台两侧。左边炉火正
　　　　旺，壁上刑杖、木棍、火匙等刑具，一应俱全。舱中置一
　　　　桌二椅。

　　　　〔乔书衡被绑在铁链捆住的木柱上。

　　　　〔班头、衙役守在两旁，戒备森严。

乔书衡　（唱）飞来大祸从天降，

　　　　　　　乔家横遭不白冤。

　　　　　　　书衡入狱娘亲亡，

　　　　　　　万箭穿心五内崩。

　　　　　　　天啊，天！

　　　　〔何青、曲阜同上船。

何　青　（唱）七品县令职虽低，

　　　　　　　独霸一方小皇帝。

　　　　　　　樟林古港我做主，

　　　　　　　为所欲为无禁忌。

　　　　　　　勒石彰功受抵制，

　　　　　　　祸根全由乔家起。

　　　　　　　如今书衡落圈套，

　　　　　　　报仇雪恨在此时。

曲　阜　扫清肘腋之患，迫在眉睫，老爷高见，高见！

何　青　哦，高见？！

曲　阜　不错，高见！

青、曲　哈，哈，哈！

　　　　〔进船舱牢房。

何　青　乔书衡，你岂知罪否？！

乔书衡　罪从何来？！

何　青　你通匪济盗，罪证昭彰！

乔书衡　证据何在？！

何　青　这个容易，本官公堂审理之时，自当出示证据。只是，乔书

衡啊！

（唱）通匪济盗罪非轻，
　　　触犯刑律受极刑。
　　　怕有蹊跷蒙不白，
　　　本官探狱先辩明。
　　　你家卫舫已擒获，
　　　济盗通匪露原形。

乔书衡　（疑惑）这！这就奇了?!

何　青　（接唱）初生牛犊敢斗虎，
　　　　　　这事岂无幕后人。
　　　　　　望汝省悟如实说，
　　　　　　方免皮肉遭苦刑。

曲　阜　老爷亲自探监，乃是一片真心。实为审前弄清原委，给汝自
　　　省机会，如其不然，叫你皮肉分离！哼，哼，乔书衡呀！

（唱）劝你切莫太痴迷，
　　　宫前勒石彰功碑。
　　　你父聚众来抵制，
　　　遂致太爷受讥议。
　　　多亏太爷有海量，
　　　没将此事记心里。

乔书衡　老爷上任，不到一年，何功之有？分明行彰功之名，为个人
　　　树碑为实，我父拒不交款，乃匡扶正义之举，何来罪名?!

何　青　住口！勒石彰功，风范长存，民之福祉，岂容置疑！你家卫
　　　舫带书通匪，这事难道与你无干?!

乔书衡　老爷呀老爷，我乔书衡，胸襟坦荡。红头船运粮赈灾，引进
　　　西方科技而来，海上遇劫，反遭牢狱刑杖之苦，分明是老爷
　　　栽赃诬盗、公报私仇！

曲　阜　放肆！证据面前你难道还想狡辩么!?

乔书衡　老爷啊老爷，权柄在你手中，为所欲为，欲加之罪何患无
　　　辞，何患无辞嘛?!

何　青　住口，住口！乔书衡啊乔书衡，你不思悔改反咬一口，你，
　　　你真的敬酒不食，欲食罚酒么?!

乔书衡　（置之不理，漠然视之）……

曲　阜　老爷，看来不动大刑，量他不招。

何　青　　不错，来，班头！刑杖伺候！

班　头　　领命。（示役）刑杖伺候！

　　　　　［二役为乔松绑，将乔按倒在地上。

何　青　　重打四十大板！

班　头　　领命。（示役）重打四十大板！

衙　役　　（执杖边打边喊）打！

乔书衡　　（挣扎站起痛苦难捱）哎咋……

　　　　　（唱）棍棒如雨，皮破肉裂。

　　　　　　　　叫我书衡，痛苦难支！

　　　　　（寄白怒责）何青，你这恶县令！你，你，你！你啊！（踉跄
　　　　　几欲跌倒）

何　青　　如此狂徒，死不悔悟，来，班头，肉刑！

班　头　　领命。（示役）肉刑！

　　　　　［一役将乔重绑在船舱木柱上，撕开乔衣衫，露出胸脯。一
　　　　　役从船舱壁上，取下火匙，在熊熊炉火中燃烧。少顷火匙
　　　　　取出，压在乔胸脯，浓烟滚滚。

乔书衡　　哎……哎哟……（昏厥）

何　青　　洒盐水！

二　役　　遵命！（洒盐水）

班　头　　老爷，乔书衡已不省人事了！

何　青　　给他松绑，冷水泼醒！

衙　役　　遵命。（向乔身泼冷水）

　　　　　［役内声：报！急报！（匆上）禀太爷，彭山急报！

　　　　　［何青、曲阜闻急报声，走出牢房。

何　青　　有何急事如此惊慌?!

衙　役　　禀太爷，大事不好了！王大人命小人，飞书急报！（递信）

何　青　　（接阅心慌）哎咋，真的，大事不好了！

　　　　　（唱）接飞书，心胆寒，我战战兢兢。

　　　　　　　　新巡抚，许宾他，已到樟林境。

　　　　　　　　这古港，"驰"和"禁"，切莫等闲视。

　　　　　　　　红头船，劫粮案，满朝起纷争。

　　　　　　　　和中堂，刘丞相，御前相对峙。

　　　　　　　　圣殿前，要唇舌，剑拔又弩张。

　　　　　　　　钦命巡抚乔装暗访察民情，矛头上指和中堂，下连我

　　　　　　这七品县令。（将信递曲）曲师爷，这将如何是好？

曲　阜　（接阅惊）这，这么……（思忖定计）噢，是了！（对何）
　　　　　恭亲王与和中堂，旧谊深厚，往来甚密。他山之石，可以攻
　　　　　玉。西域缅夷犯境，若能借亲王鼎力，御前力荐许宾，让他
　　　　　受命西征，岂不一石二鸟？！

何　青　（自我斟酌）将许宾调虎离山，一箭双雕，让俺转危为安，
　　　　　高枕无忧？！（喜极）好，好计，妙计！（对曲）师爷，事不
　　　　　宜迟，速速回衙细议，驰书飞报王大人？

曲　阜　是！（何青、曲阜离船上岸入场）

乔书衡　（醒、抚伤）哎，哎唏！皮破肉裂，洒入盐水，一时冻痛难
　　　　　支！（愤、挣扎起）我，我，我要写状词。

班　头　乔书衡，看你条命，存无三成，还想写状词！（试探）我问
　　　　　你，你状告何人？

乔书衡　（高喊）状告何青！

班　头　哦，你还会吼，我以为你已成"吸尾狗"。

乔书衡　（怒视班头）班头！文房四宝取来。

班　头　（蔑视）你条命短短，我不相信何老爷，会给你告倒。（思
　　　　　忖）也罢，文房四宝给你！（取文房四宝递乔）

乔书衡　（提笔义愤念）口诛笔伐告何青（弃笔沉思）这么……请住，
　　　　　倘若状告玉英他爹，她，她会怎想？！

　　　　　（旁唱）不告何青心不甘，
　　　　　　　　　欲告何青两为难。
　　　　　　　　　状词写出情义断，
　　　　　　　　　夫妻愿景成空梦。

　　　　　（寄白）我与玉英青梅竹马，月下盟誓，玉笛私订终身。若
　　　　　　　　　告她爹其情何存，（思忖）既是心怀家国，不告何青
　　　　　　　　　义犹何在？！（慎思决断）罢，罢，罢，待我来！

　　　　　〔重提朱笔，展纸一挥而就。

　　　　　（念）口诛笔伐告何青，
　　　　　　　　公报私仇滥施刑。
　　　　　　　　劫粮栽赃行奸计，
　　　　　　　　诬良为盗织罪名。
　　　　　　　　兵灾粮荒度日难，
　　　　　　　　海阳百姓泪无声。

执法州官可放火，
百姓为何难点灯。
耻戴花翎共顶戴，
枉食民禄负大清。
横眉冷对千夫指，
不告何青心不宁。
大清国民：乔书衡。

班头、狱卒　（惊慌）乔书衡你，你，你反了，反了！

　　　　　　〔收光定格。

　　　　　　〔幕闭。

第六场　　劳燕分飞

　　　　　　〔时间：距前场数日后。

　　　　　　〔地点：船舱牢狱，景同前场。

　　　　　　〔何玉英心急如焚，匆匆前来探狱。

何玉英　（内唱）含悲忍泪见乔郎，

　　　　（上唱）不见乔郎心不甘。

　　　　　　　　玉英来将船舱闯，

　　　　　　　　何惧爹爹相阻拦。（上船）

班　头　（迎上）叩见小姐！

何玉英　免了，恁等暂且退下！

班　头　小姐，老爷命阮，严加看守，小人不敢离开！

何玉英　（严斥）下去！

班　头　（求情）小姐，小人实难从命！

何玉英　（怒斥）有事由我担当，下去！还不与我下去！！

班　头　（犹豫）这？（无可奈何）是！（暂入场）

何玉英　哎呀（进船舱见乔状，抚伤处，悲痛不已），这，这，这！
　　　　这还了得！
　　　　（唱）见乔郎，浑身血迹斑斑，

　　　　　　玉英我，泪滴满胸膛。
　　　　　　这，这，这，施刑之人心狠毒，
　　　　　　叫玉英，痛苦难捱心胆寒。
何玉英　乔兄，相公！
乔书衡　英妹，娘子！　（相拥哭泣）
何玉英　乔兄，为妹来迟，为妹来迟了！
乔书衡　何言来迟，实是为兄，苦了你噢！
何玉英　想那日，后花园一墙之隔，身处陡境，无从说起。冤家，莫
　　　　非昔日赠笛盟誓之事，你给忘了?!
乔书衡　英妹，为兄并未忘却，时时记挂在心！
何玉英　既未忘却，为何十载，音讯杳然！
　　　　（唱）十年前，天后宫里行践别，
　　　　　　月为媒，双双同把天地拜。
　　　　　　心相许，玉笛定情诺千金，
　　　　　　井仔泉，清水沙土随身带。
　　　　　　象鼻山，手巾泪滴慈母怀，
　　　　　　你说道，创业成功定回来。
　　　　　　红头船，扬航远征把步迈，
　　　　　　冤家你，绣口锦心子建才。
　　　　　　却为何，未见鸿雁捎书来，
　　　　　　叫玉英，十年杳杳空等待。
　　　　　　莫非你，口吐莲花心冰冷，
　　　　　　负心汉，兄妹恩义抛东海。
乔书衡　为兄并非负心之人，十载音讯杳然，实出无奈，妹妹啊！
　　　　（唱）竹篮装粿下南洋，
　　　　　　居无定所蹲路边。
　　　　　　一支扁担两条绳，
　　　　　　磨蚀双肩肚难填。
　　　　　　人前欢笑人后悲，
　　　　　　满怀凄楚不敢言。
　　　　　　纵然捎书回唐山，
　　　　　　岂不令你苦难当。
　　　　　　谁料樟林施海禁，
　　　　　　有苦有泪藏在胸，

荣耀回归自坦言。

何玉英　如此说来，为妹当可谅情。只是玉英苦盼十年，十年！
　　　　苦——啊！
　　　　（唱）唐山苦待已十年，
　　　　　　　热泪盈腮枕边寒。
　　　　　　　心随兄汝异国去，
　　　　　　　几回清梦伴更阑。
　　　　　　　有情之人情难舍，
　　　　　　　盼得你身回唐山。
　　　　　　　本该欢乐同聚首，
　　　　　　　谁料相会在牢房。

乔书衡　妹妹，千不是，万不是，都是我不是，你的真情，我铭刻在
　　　　心。为兄这厢，给你赔个不是了！（施礼）

何玉英　（嗔怪，喜悦）谁人要你赔礼？难道一句赔礼，就能了却，
　　　　玉英十年心中苦楚么？

乔书衡　（打趣）妹妹言之在理，俗话道：一日夫妻百日恩，为兄让
　　　　你苦待十年，岂是三言两语，便能说得。只是久别相会，心
　　　　中纵有千般苦，万般恨，也该一笔勾销啊！

何玉英　（嗔怪）你呀，就是能说会道。我问你，既是南洋，创业艰
　　　　难，积些银两，通航之时，寄来家批，报声平安，也就罢
　　　　了，因何还回来？

乔书衡　妹妹听道：
　　　　（唱）缅夷兵临孟勘城，
　　　　　　　南疆盗匪肆横行。
　　　　　　　饿殍遍野灾荒苦，
　　　　　　　樟林处处尽悲声。
　　　　　　　游子思归情切切，
　　　　　　　大米千石济乡亲。

何玉英　海阳百姓苦不堪言，救乡亲于水火，来得正好。

乔书衡　（唱）报国心怀一寸丹，
　　　　　　　引来西方高科技。

何玉英　哦，文明进大清，还愿少年时！

乔书衡　不错，文明进大清，还愿少年时！
　　　　（接唱）回乡筹建火砻廊，

　　　　　　　　选址建厂樟林乡。
　　　　　　　　大城大清结秦晋，
　　　　　　　　通海通商又通航。
何玉英　噢，原来如此，燕雀焉知鸿鹄志。倒是错怪乔兄了！
乔书衡　（接唱）数千年文明古国，
　　　　　　　　山河破碎国难治。
　　　　　　　　国家兴亡匹夫有责，
　　　　　　　　不屈不挠举义旗。
何玉英　说得好，说得好呀！国家兴亡匹夫有责，不屈不挠举义旗。
　　　　乔兄有志，为妹焉能无义。只是家中伯母，十年孤苦无
　　　　依啊！
　　　　（唱）高堂白发老慈娘，
　　　　　　　倚损门槛音杳然。
　　　　　　　破船漏屋一肩挑，
　　　　　　　病魔缠身情何伤。
　　　　　　　玉英难以尽孝道，
　　　　　　　愁似秋雨冷绵绵。
乔书衡　（受触痛大怒）不提我娘，由之则可，提起高堂二字，我就
　　　　肝肠寸断。（怒不可遏）玉英，我要告状！
何玉英　状告何人？
乔书衡　状告你爹！
何玉英　（震惊）咋说，你告我爹？！
乔书衡　正是，海阳县令何青！
何玉英　这，这，这，这叫我如何是好？！（难受不悦）
乔书衡　（疑惑旁白）难道她真想护父？！
何玉英　（旁唱）闻斯言，方寸乱，令我心碎，
　　　　　　　　孝和义，难两全，如何施为？！
　　　　（直言指责）冤家你，枉你读书之人，也不思前想后，却凭
　　　　　　　　　　　一时，书生意气！
乔书衡　哦，我书生意气？（不满）何玉英，你，你，你，亏你说得
　　　　出口啊！
　　　　（旁唱）原以为，她大义凛然诚可贵，
　　　　　　　　谁知道，她有意护父行不轨。
何玉英　（旁唱）原以为，情能扭转他心意，

　　　　　　谁料他，宁愿玉碎不为瓦全。

　　　　　　冤家你，状告我爹，足见我俩情爱，薄如蝉翼，薄
　　　　　　如蝉翼啊！

乔书衡　住了！（唱）知了它，蝉翼虽薄也能飞。

　　　　　　　　　大雄鹰，风浪当头不作为。

何玉英　（唱）需知道，我爹是奴生身本，

　　　　　　　　　教奴家，人前背后难应对。

乔书衡　（唱）玉英你，难辨黑白和是非，

　　　　　　　　　叫书衡，心灰意冷泪空垂！

乔书衡
　　　　顿教　书衡　神思恍惚冷相对。
何玉英　　　　玉英

　　〔乔书衡心怀不满，何玉英心有为难。两人各自怀忿，沉默
　　　不语。

　　〔台内男女声合唱：

　　　　　　　　言尽梦未醒，

　　　　　　　　两心九回肠。

　　　　　　　　人事两相阻，

　　　　　　　　问君复何言。

何玉英　书衡，你告我爹何来！

乔书衡　你听，你父他！

　　　　（唱）枉为海阳一县令，

　　　　　　　未曾堂审先逼供。

　　　　　　　手段残忍心狠毒，

　　　　　　　一脚踢死我娘亲。

何玉英　（震惊）咋说，伯母她，她，她——

乔书衡　她被你父一脚踢死！

何玉英　唉咦！伯——母！！

乔书衡　你，你，你，护父行不轨呵！

　　　　（唱）善恶不分遗恨终生。

　　　　　　　此咎不解我心难平。

何玉英　我，我，我明白！我终于明白了！！

　　　　（唱）闻斯言方寸乱。

　　　　　　　怒火填胸羞愤难平。

　　　　（对乔）状词拿来！状词拿来！！

乔书衡　（踌躇）这……也罢！（拿出状词）状词在此！
何玉英　（接阅）噢，这！这将如何是好，如何是好么！
　　　　（旁唱）书衡他，大义凛然护大清，
　　　　　　　　我爹他，以权谋私害生灵。
　　　　　　　　玉英我，护父定遭千夫指，
　　　　　　　　到如今，进不得来退不能。
　　　　　　　　这么……罢了！
　　　　［携状词，激愤不辞而别，匆匆下。
乔书衡　玉英，玉英，玉英！
　　　　［切光幕下。

第七场　义闯公堂

　　　　［紧接前场。翌日清晨。
　　　　［海阳县衙正堂，中挂牌匾"清正廉明"。
　　　　［内声：何老爷有命，升堂伺候——
　　　　［内众役：啊——
　　　　［幕起。何青端坐正堂，四衙役执刑杖，威站两旁，曲阜案
　　　　　侧站着。
何　青　来，将案犯乔书衡带上堂来！
衙　役　喳！
　　　　［一役下拉乔书衡上。
乔书衡　（念）一身正气无顾忌。
　　　　　　　　看你县令奈我何?!
　　　　［乔书衡身披枷戴锁，威武进堂，傲气十足站着。
何　青　乔书衡，你见本官，敢不下跪?!
乔书衡　无罪之人，何须下跪。
何　青　你岂知此地，是何所在?!
乔书衡　不过小小海阳县衙。
何　青　县衙正堂，乃属朝廷法地！

乔书衡　朝廷法地，维民护法，岂容执法犯法、贪赃枉法之人肆意
　　　　横行?!

何　青　住口！本官爱民如子，清正廉明，岂容刁民诽谤！

乔书衡　(纵声讥笑) 哈！哈！哈!!

何　青　(怒极) 大胆乔书衡，通匪济盗，死到临头，还笑什么?! 你
　　　　说，你讲！

乔书衡　好，我说，我讲！

　　　　(唱) 县衙正堂，朝廷护法地，
　　　　　　秉公执法，清正廉明扶正义。
　　　　　　谁知你，以身试法，杀死我亲娘，
　　　　　　谁知你，勒石彰功，搜刮民财与民脂。
　　　　　　谁知你，贪赃枉法，行奸宄，
　　　　　　竟将朝廷王法当儿戏。
　　　　　　试问你，爱民如子在何处?!
　　　　　　试问你，清正廉明在哪里?!
　　　　　　我笑你，枉食民禄负大清，
　　　　　　我笑你，身戴花翎顶戴不知耻！

何　青　住口，住口！乔书衡啊，乔书衡，公堂之上，你竟敢，藐视
　　　　王法，辱骂本官，罪上加罪！来，吩咐左右 (拍惊堂木) 重
　　　　打四十大板！

众　役　领命。(喊威) 啊……

乔书衡　且慢！

何　青　(示役) 慢刑！(对乔) 乔书衡，有何话说?

乔书衡　何县令，你说我家卫舫带书通匪，此事与我干系重大，证人
　　　　哪里，证据何在? 为何案情未审，先行重刑逼供?

何　青　这……也罢，你家押班卫舫，带书通匪，已为本官截获 (扬
　　　　信) 密信一封。这就是物证！(台内传来卫舫被刑杖拷打喊
　　　　声) 你听！这就是人证！

乔书衡　(闻声心痛) 哎咋！卫舫，我的义弟呀！

　　　　(唱) 闻喊声，令我肝胆寸寸裂，
　　　　　　义弟啊，可怜你无辜遭罪戾。
　　　　　　善有善报恶有恶报。
　　　　　　看你横行能有几时，
　　　　(寄白) 何青！狗官你啊！

（唱）卫舫本无罪，酷刑受不起，

书衡我，愿代吾弟受罪戾！

［内传击鼓喊冤声。

衙　役　（上）启禀老爷，衙前有人击鼓鸣冤。

何　青　传击鼓人上堂！

衙　役　（向内）来，击鼓人上堂。（役下）

何玉英　（乱发遮面上唱）悲天泣地诉冤情，

点点血泪滴满胸。

（夹白）头顶状词告县令，

（接唱）玉英护法把冤申。（背向正堂跪下）

何　青　你是何人，报名上来！

何玉英　民女，何氏！

何　青　（思忖）何氏？唔对！（领悟）莫非这小女子，正是我女儿?!
　　　　（对玉英）何氏，你头顶状词，呼天喊地，有何冤情，从实
　　　　诉来！

何玉英　头上状词，写得明明白白、清清楚楚，老爷一看便知！

何　青　来，状词呈上！（见役要拿状词，忙改口）慢！（旁白）待本
　　　　官，亲自取状，一览面容，便明真相。对，待我来！（走出
　　　　案台）掀开玉英头上状词，（发现惊慌放下）哎咋！（旁白）
　　　　果真是我女儿何玉英！（对玉英尴尬）你，你，你，你为何
　　　　如此?!

　　　　［内传：朝廷钦差大臣，许大人驾到！

　　　　［何青、曲阜见势不妙，十分恐慌。

何　青　（浑身颤抖）动，动乐，迎，迎，迎接！

　　　　［内声：门上动乐，迎接钦差大人！

　　　　［许宾在中军、校尉簇拥下，手提尚方宝剑，威风凛凛上。

　　　　［何青、曲阜、众役迎接。许宾端坐正堂。

何　青　叩见大人！（施礼）大人到来，卑职有失远迎！

许　宾　一旁坐下。

何　青　谢大人！

许　宾　何大人，这小女子，她是何人，为何头顶状词，是何用意？

何　青　（惊慌失措）她，她，她……（不敢讲下去）

许　宾　她来做什么？

何　青　她来告状。

许　宾　既来告状，为何不予受理？

何　青　卑职尚未接状。

许　宾　如此，也罢，本官代你审理！

何　青　（浑身颤抖，坐立不安）谢，谢，谢大人！

许　宾　来，将状词呈上来！

校　尉　领命。（从玉英头上取下状词）大人，状词在此！（呈许）

许　宾　（接阅胸有成竹）堂下告状之人，有何冤情，从实诉来！

何玉英　民女晓得，大人容禀！

　　　　（唱）民女姓何名玉英，
　　　　　　　月下玉笛定终身。
　　　　　　　书衡早有报国志，
　　　　　　　运粮海阳济饥民。
　　　　　　　千石大米情无限，
　　　　　　　遭奸诬陷成罪证。
　　　　　　　义无反顾告亲爹，
　　　　　　　为夫申冤正视听。
　　　　　　　伏望大人细明察，
　　　　　　　拨乱反正护圣明。

许　宾　何玉英，本官已听明白，一旁听候发落。

何玉英　谢大人。（起身站一旁）

许　宾　来，传证人阿龙上堂。

衙　役　（向内）证人阿龙上堂。

阿　龙　（上念）太爷传唤我心惊，
　　　　　　　　　条命存无二三成。
　　　　　　（进堂跪下不敢抬头）叩见大人！

许　宾　你是何人？

阿　龙　我叫阿龙，是张船主家丁。

许　宾　卫舫因何入狱，你岂知情？

阿　龙　（惊慌旁白）害，害，害，"积恶垫曝圈"。那姓朱，做生意的，无影无踪，上公堂无人相辅，如何是好么？！（思忖）噢，是了，（决断）实话实说现死驳赊死，才免害人害己！（对许）太爷唅！卫舫入狱的事，我知，我说！

许　宾　从实说来，本官自当从轻发落。

阿　龙　太爷啊，（快板）暹罗商人乔书衡，粮船被劫云沃湾。
船主师爷相勾结，
设下陷阱害卫舫。
天道迫我藏密信，
通匪济道害书衡。
可怜主仆遭暗算，
卫舫被抓入牢房。

许　宾　阿龙！此话可是实情？
阿　龙　小人所说，句句实话。大人不相信，阿龙人头担保！
许　宾　嗯哼！画押！
校　尉　是！（送下录案纸笔）来，画押！
阿　龙　（提笔即画）
许　宾　阿龙，一旁听候发落。
阿　龙　是，谢大人！
许　宾　来，带张天道上来！
　　　　［一衙役下，带张天道上。
张天道　（念）背有靠山免用惊，
　　　　　　　　沉着应付心定定。
衙　役　（推张天道）走！
　　　　［张天道进堂跪下。四望见势不妙，心慌。
张天道　小人张天道叩见大人！
许　宾　张天道，你等如何勾结，劫走粮船陷害无辜，桩桩罪行从实招来！
张天道　老爷，小人全不知情，此事从何说起？
许　宾　张天道，案情真相今已大白，你竟敢负隅顽抗，本官让你尝尝刑杖味道！吩咐左右！
衙　役　啊！
许　宾　用刑！
衙　役　喳！呔——
张天道　哎咋！
　　　　［众衙役一拥而上，夹棍用刑。
张天道　（痛极）哎哟！痛死我啊——
阿　龙　（劝说）张爷，卫舫入狱的事，你还是实说了吧！
张天道　（怒视阿龙）阿龙，你！（猛见曲阜，思忖旁白）哎！不如把球，踢还曲师爷，静观其变！（定计）对，就是这个主意。（对许宾）大人，我说，我说就是了。

许　宾　来，松刑！（对张）张天道，你讲！

张天道　天道万人之细，唯曲师爷马首是瞻！

曲　阜　（见机不妙跪下，企图推卸罪责）启禀大人，曲阜乃，小小书吏，任由何老爷使唤！

何　青　（对曲）曲师爷你……（对张）张天道你……（狡诈狂笑）哈！哈！哈！！

许　宾　何县令，你，你笑什么？

何　青　我笑他们，这些小人之辈，贪生怕死，实属无赖之徒！

许　宾　何县令，依你之见，他们两人，该负何等罪责？

何　青　两人罪责难卸，死有余辜！

许　宾　他俩既是死有余辜，未知何县令，该当何罪？！

何　青　（心存侥幸，寄望保释）何青自知，执法犯法、贪赃枉法、杀人者偿命！只是，我乃朝廷命官，定然奏明圣上，刑部审理，听候朝廷发落。

许　宾　何大人，不愧官场老手，久经宦海风雨之人！

校　尉　大清败类，请大人，严加惩处！

许　宾　（唱）贪财丧残生，
　　　　　　　权迷刀下亡。
　　　　　　　为民护正气，
　　　　　　　正义自昭彰。

　　　　　（对张）张天道，还想推卸罪责么？！

张天道　小人不敢，小人愿招！
　　　　　（敲板）红头船，运粮济灾民，
　　　　　　　　这桩事，坏了何老爷名声，
　　　　　　　　这一来，损了何老爷前程。
　　　　　　　　火砻机，欲建樟林境，
　　　　　　　　何老爷，终日不安宁。
　　　　　　　　老爷、师爷，设局害书衡，
　　　　　　　　一箭双雕拔掉眼中钉。
　　　　　　　　粮船被困云沃湾，
　　　　　　　　藏密信我百般逼阿龙。
　　　　　　　　设局栽赃劫粮船，

千石大米运离樟林境。

天道我，桩桩罪责我担承！

校　尉　禀大人，张天道劫走那千石大米已被追回，人赃俱获。

许　宾　嘎好，（对张）张天道，你设局劫粮，栽赃诬陷之事尚有何
　　　　话可讲？

张天道　小人认罪。

许　宾　曲阜！

曲　阜　小人在。

许　宾　张天道供词如何？

曲　阜　全无虚假，句句实情。

许　宾　何县令！

何　青　卑职在。

许　宾　张天道供词，是否属实？

何　青　半点无假，卑职认罪。

许　宾　来，三人一同画押！

校　尉　是。（送下录案纸笔）来，画押！

　　　　〔何青、曲阜、张天道，三人同在供词画押。

许　宾　案犯曲阜、张天道劫粮栽赃，反诬他人，罪大恶极，依法判
　　　　斩！左右！

衙　役　喳！

许　宾　拉下斩了！（投斩令牌）

校　尉　领命。（示役）行刑！

　　　　〔役绑张、曲，拉下斩首。校尉随下复回。

校　尉　启禀大人，案犯已斩！

许　宾　嗯哼！（对何）何青，你身为朝廷命官，知法犯法，（拍惊堂
　　　　木）来，去其花翎顶戴收押入狱，上参朝廷不得违令！

中　军　领命！（对班头）恁等听着，将何青去其花翎顶戴不得违令！

班　头　遵命！（役将何青去其官诰，中军随班头将何青押下）

许　宾　阿龙。

阿　龙　小民在。

许　宾　苟念你被迫涉案，堂上主动认罪，又有立功表现，无罪当堂
　　　　释放。

阿　龙　谢大人恩典。（起身抬头认出许宾是闽商朱玉成）许大人，

你……

许　宾　阿龙，你把做生意人的朱玉成给忘了！

阿　龙　噢，原来是朱东家，许将军，许大人！

许　宾　带卫舫上堂。

役　甲　领命！（带卫舫上）

许　宾　何玉英。

何玉英　民妇在。

许　宾　本官准你诉状，乔书衡、卫舫惨遭奸人所害，两人无罪当堂
　　　　释放。来，松绑！

校　尉　领命！松绑！（示班头松绑）

乔、卫　谢大人！

乔书衡　乔兄！
　　　　　　　　（相拥喜泪横流）
何玉英　英妹！

　　　　〔后台歌：

　　　　　　　　两后复斜阳，

　　　　　　　　关山阵阵苍。

　　　　　　　　十年苦守盼郎归，

　　　　　　　　喜得今期展笑颜。

乔书衡　禀将军，书衡有事相求。

许　宾　何事，请讲！

乔书衡　将军啊！

　　　　（唱）历历往事如潮翻，

　　　　　　　不由我，热泪满胸膛。

　　　　　　　只因海阳连年灾荒苦，

　　　　　　　令我书衡时时心挂牵。

　　　　　　　红头船，千里运来粮千石，

　　　　　　　为的是，济乡亲，离饥饿，脱苦难。

　　　　（白）救乡亲于水火，时不我待，请将军火速开仓济粮。

许　宾　此拟正合我意，来，开仓济粮！

校　尉　（对内）许将军有令，开仓济粮。

　　　　〔乐起热烈轻快。台内人声鼎沸：好啊！开仓济粮呀！

　　　　〔蟹姨、尤伯、批脚、众乡民兴高采烈，提袋背米穿梭过场，
　　　　　乡民欢欣雀跃。

〔后台歌:

　　　　　雪中送炭暖千家，

　　　　　万里海阳浪翻腾。

　　　　　乔君满载回归日，

　　　　　樟林处处尽欢声。

〔幕徐下。

尾声　柳暗花明

〔距前场数月后。

〔樟林港隆都镇。

〔火砻廊烟囱林立，彩旗飘扬。大红横帔"徐篑利碾米厂开
　业典礼"横跨舞台。

〔二幕前。批脚头戴竹笠，脚穿草鞋，肩背竹篮，汗流浃背，
　神采奕奕上。

批　脚　（唱）披星踏月迎朝阳，

　　　　　　　篮装番批回家乡。

　　　　　　　挨家逐户传喜讯，

　　　　　　　樟林处处喜洋洋。

　　　　　　　乔老爷运粮救灾，何县令倒台，如今通航通海，番批
　　　　　　　钱银滚滚来，海阳百姓吐气扬眉，批脚我，看着欢
　　　　　　　喜在!

　　　　（唱）南洋寄来番批钱，

　　　　　　　唐山等着买柴米。

　　　　　　　批局连着五洲情，

　　　　　　　诚信不容差毫厘。

　　　　（对内）哎，乡亲们，大家来领番批银呀!

　　　　〔内应声：批脚兄，众人等你挞番批啊!

批　脚　就来，就来!（下）

[二幕启。卫舫领众乡民肩扛竹槌，手提绳索，兴高采烈上场。

卫　舫　乡亲们，暹罗莫尼公主，给俺送火砻机来了。

乡民甲　哇！火砻机到隆都，新兴街这回愈热闹呀！

卫　舫　大家伙，火砻机在红头船上，阮猛猛到船上抬机器呀！

众乡民　好！到船上抬火砻机去！（众下）

[许宾、乔书衡、何玉英在春花、秋菊及数男女青年工人簇拥下，喜气洋洋上。

[天后宫前，狮子舞上场起舞，生龙活虎，气氛活跃。

众　人　（合唱）宫前狮子舞翩翩，

　　　　　　　　　火砻机声隆隆响。

　　　　　　　　　樟林港埠百业兴，

　　　　　　　　　雨后彩虹艳阳天。

[众人齐声鼓掌欢笑。

[内传：莫尼公主驾到。

校　尉　（对许）许将军，莫尼公主她，参加火砻机开工剪彩来了?!

许　宾　动乐迎接。

[众随许宾恭迎莫尼公主。

许　宾　公主驾到，下官有失远迎了！

莫　尼　许大人，（惊愕）你，你，你，你就是许将军?!

许　宾　（一怔）公主！你，你，你，你就是莫尼?!

许　宾　莫尼，娘子，妻呀！

莫　尼　许宾，相公，夫吟！

许　宾　十年前驸马南疆遇盗，我将驸马护送京机，夫妻海上失散。乔东家，莫尼她正是我失散的荆妻！

乔、英　噢，原来如此！将军与夫人今日团圆，此乃上苍保佑，大人福分！

众　人　贺喜将军，贺喜将军。

[许宾偕莫尼深表致意。

乔书衡　许将军，火砻机已装好，鸣炮开业吧！

许　宾　好！鸣炮开业，樟林港埠，闹它个欢天喜地！

乔书衡　好！鸣炮开业！

　　　　（后台歌）樟林港，承载多少怀思祈盼，

红头船，留下百年潮人喜和忧。

先民们，含辛茹苦苦扬鞭，

前赴后继不屈不挠写春秋。

[歌声、锣鼓声、爆竹声震天响。狮子翻腾，众人欣喜若狂
簇拥乔书衡、许宾、何玉英、莫尼。众造型。

[幕徐下。

[全剧终。

编剧：陈鸿辉　　陈浩展　　／

神医与神探

新编独幕古装潮剧

2007年获广东省戏剧家协会、广东省潮剧发展与改革基金会

潮剧剧本征稿铜奖　　／

剧情简介

新编独幕古装潮剧《神医与神探》，是根据《古今故事报》的名医历史故事《李时珍蕲州平冤狱》改编而成。

李时珍是我国的药学家。五十二卷《本草纲目》，是他长枕展籍，搜罗百氏若啖蔗饴，历时二十七载，考古证今著述而成。他在书中坦言：夫医之道以济世，世以仁寿耳，余则安宁。由此足见李时珍以黎庶安康为乐的博大胸襟。

《神医与神探》写的是，蕲州县令吴正，以神探火眼金睛自居。他居功自傲，邀功心切，未经调查取证，便轻断、轻判，甚至不惜动用大刑，刑讯逼供，使无辜者含冤入狱。神医李时珍爱民如子，心系黎庶安危。在冤案面前，他亲临现场，寻毒探秘，调查取证，最后终于让蒙冤入狱者获释，把生命垂危的玉兰从死神手中夺回，让王氏一家平了冤狱，阖家团圆。

以人为镜知得失，以史为镜知兴亡。执法之人，在冤假错案面前，是守护尊严、崇尚正义、勇敢承担，还是遮遮掩掩、文过饰非、置受害者于不顾，甚至把水搅浑，模糊真相，使冤案石沉大海？凡此种种，在现实生活中时有发生。故而此剧无不令有良知者深思，引以为训。

时间：明代

地点：王氏家

人物：李时珍——名医。（老生）

　　　吴　正——县令。（官袍丑）

　　　王　氏——贫妇。

　　　陈　昭——王氏之子。

　　　玉　兰——陈昭之妻。

　　　药　童——李时珍的药童。

　　　班　头——县衙班头。

　　　衙　役——二人。

布景：王氏家，低矮草屋，设一桌二椅，上置碗、杯、水壶，屋后草木葱茏，远山如黛。

[在沉重紧张的前奏乐中幕启。

吴　正　（内声）将凶犯陈昭押解县衙！

班　头　（内声）遵命！走！

　　　　　[二衙役推五花大绑的陈昭上，班头、吴正随上。

陈　昭　冤枉！冤枉呀！

　　　　　[王氏追上。

王　氏　太爷，太爷！（跪地，搛住吴正官袍）我儿冤枉，冤枉呀！

吴　正　哼！你儿陈昭，毒死妻室，铁证如山，你喊什么冤，叫什么枉咁?!

王　氏　太爷！

吴　正　我就呸！呸呸呸！

陈　昭　母亲！

吴　正　（对班头）走！

班、役　走！

　　　　　[衙役强推陈昭下，班头、吴正下。王氏挣扎爬起。

王　氏　（凄厉地）孩儿——

　　　　　（唱）唉咦……

　　　　　　　　　　无情横祸从天降，

　　　　　　　　　　穷家蒙受不白冤，

　　　　　　　　　　媳妇丧命儿落狱，

　　　　　　　　　　万箭穿心五内崩！

　　　　　　　　　　天呀，天——（踉跄，昏厥，倒地）

　　　　　[全台死寂少顷。

　　　　　[药童背药筐上。

药　童　（回头）先生，走好！

李时珍　（内声）嗯哼！（挎药箱上）

　　　　　（念）云山雾岭采药回。

　　　　　　　　顺道送药王氏家。

药　童　先生，到此王氏家。

李时珍　进去。

药　童　是。（进门，见状一惊）哎咋，不好！

李时珍　（一惊）啊！（急进门）

药　童　王妈，王妈！

李时珍　（急蹲下，检王氏眼）童儿，快扶王妈椅上安坐。

药　童　是!（扶王氏坐椅上）

李时珍　（为王氏诊脉）洪、涩无序，心律失常，乃惊悸休克! 童儿，水来!

药　童　是!（提壶倒水，端上）先生!

　　　　　［李时珍从药箱里掏出救急散放入碗中，喂王氏服下。

药　童　王妈，醒来，醒来!

王　氏　（醒转）啊……

李时珍　王氏!

王　氏　（定神）噢，是李先生!

李时珍　老人家，因何如此?

王　氏　先生，我冤枉，冤枉啊!

李时珍　冤枉?

王　氏　咳，先生呀!

　　　　（唱）我一家，尊老惜细你深知，

　　　　　　　家虽贫寒人和谐，

　　　　　　　媳妇妊娠全家喜，

　　　　　　　我煮蛋面为媳滋补腹中胎，

　　　　　　　谁知蛋面刚入口，

　　　　　　　媳妇一命赴泉台。

李时珍　怎说，你媳妇玉兰吃蛋面死了?

王　氏　正是，唉!

　　　　（接唱）亲翁告到官太爷，

　　　　　　　　断言我儿把妻害。

　　　　　　　　法绳绑走无辜人，

　　　　　　　　可怜全家尽遭灾!

　　　　　　　　苦呀——

李时珍　玉兰尸陈何处?

王　氏　就在房内床上。

李时珍　看来!

王　氏　先生，请!

　　　　　［王氏引李时珍入内。

药　童　哎，王妈一家，素来良善和睦，何来这般变故? 真真可怜，可怜!

　　　　　［李时珍上，王氏跟上。

王　氏　先生？

李时珍　牙关咬紧，嘴角歪斜，身现青肿，分明中毒无疑！

王　氏　啊……

李时珍　王氏，岂知玉兰，身中何毒？

王　氏　我亲煮蛋面，全不知情！

李时珍　太爷岂曾，验毒明断？

王　氏　他急着掠人，并未查明！

李时珍　盛面之碗，今在何处？

王　氏　（从桌上拿起碗）面碗在此，尚未洗净！

李时珍　（接过碗，用指蘸汤一啖）不是砒霜，又非毒草……何毒杀
　　　　人，难以分辨……（把碗还给王氏）童儿，取百草解毒丹！

药　童　是！（打开药箱，取药泡药）

王　氏　先生？

李时珍　我观玉兰，瞳孔未散，尚有微脉。

王　氏　莫非尚有生机？（霍然跪地）先生，救救我媳妇，救救我媳
　　　　妇呀！

李时珍　（扶起王氏）老人家，玉兰中毒已久，且不明毒源，生还希
　　　　望甚微，我尽力而为就是！

王　氏　啊……（把碗放回桌上）

药　童　先生，药已泡好！

李时珍　老人家，快引童儿入内，给玉兰灌药。

王　氏　我知。小兄弟，随我来！

　　　　［王氏引药童入内。

李时珍　（唱）眼前事，糟糟乱，纠疑团，
　　　　　　　　好似这山道十八弯。
　　　　　　　　这个家，我诊病送药常来往，
　　　　　　　　相知相敬数春冬，
　　　　　　　　王氏她，孤儿寡母差依傍，
　　　　　　　　娶了媳妇喜开颜，
　　　　　　　　她儿陈昭性温顺，
　　　　　　　　百里挑一厚道人，
　　　　　　　　日前妻室怀六甲，
　　　　　　　　欢天喜地笑语喧，
　　　　　　　　他为何杀爱妻、灭亲子，

难觅缘由任一桩。

吴县令，罪证未明情未察，

即断陈昭毒杀人。

苦命妇呼冤肝肠断，

铁石之心也悲怆，

似这般，无钱无势，无亲无助贫弱辈，

我不帮她谁来帮！

　　　　　　〔班头，二衙役匆上。

班　头　来！王氏何在？

　　　　　　〔王氏、药童慌张上。

王　氏　差爷？

班　头　（对衙役）来，锁了！

衙　役　啊！

李时珍　这位差爷，在下有礼了！

班　头　唔？

李时珍　敢问差爷何故带走王氏？

班　头　案犯陈昭供认，他母子合谋，毒死媳妇。太爷有命，带王氏
　　　　堂上审理！

王　氏　怎说？我儿供认母子合谋？

班　头　不错！

王　氏　儿呀，你，你你你……（又要昏）

药　童　王妈！（扶住王氏）

班　头　锁了！

衙　役　啊！

李时珍　且慢！

班　头　啊！你是何人？胆敢阻碍官府执法！

李时珍　在下乃江湖郎中。

班　头　郎中，不去治病救人，来此做甚？

李时珍　来此正为救人！

班　头　此话怎讲？

李时珍　你家太爷，查证未明，轻率判案，我怕他草菅人命！

班　头　胡说！

衙　役　放肆！

班　头　（对衙役）来，锁了！

衙　役　啊！（一拥近前）

李时珍　（严厉地）差爷！

　　　　〔众被镇住。

李时珍　王氏有病在身，适才又惊吓，昏厥方醒，你等锁她上路，若
　　　　有三长两短，恐难担待！

班、役　啊……

李时珍　回衙禀告你家太爷，就说李时珍，有请吴年兄屈驾到来！

班、役　（一震）李时珍！……

班　头　你是曾任蓬州县令的李时珍，李大人？

李时珍　宦海浮云，时过境迁！

班　头　你是曾与我家太爷同衙为官的李时珍，李大人？

李时珍　曾为同僚，业已分道！

班　头　你是华佗再世、妙手回春的李时珍，李神医？

李时珍　徒有虚名，不胜惭愧！

班　头　啊！（对衙役）你等回衙，速禀太爷！

衙　役　是！（下）

李时珍　（对王氏、药童）你等入内，小心关照！

王、童　是！（下）

班　头　李先生，小的有眼不识泰山，失礼了！

李时珍　差爷言重了！

班　头　嘻嘻，其实，先生有所不知，我家太爷，办案如神，可称狄
　　　　仁杰再世！

李时珍　啊，狄仁杰再世？

班　头　不错！每有案情，他火眼金睛一察即破。上任两年，已破了
　　　　九十九个案，府尊大人亲笔题匾，说他是"蕲州神探"！

李时珍　蕲州神探……

班　头　（神秘地近前）破了这个案，就满一百个，府尊大人就要给
　　　　他提官了！

李时珍　啊，那真是可喜可贺！哈——

班　头　哈——

吴　正　（内声）左右，住轿！

衙　役　（内声）遵命！

班　头　太爷来了！（急下）

　　　　〔音乐送吴正上，班头随上。

李时珍　吴大人！

吴　正　李先生！

李时珍　吴年兄！

吴　正　李年兄！

李、吴　啊，哈——

吴　正　多时不见，恭喜神医，声名大振！

李时珍　多时不见，恭喜神探，官运亨通！

吴　正　（听出话里有刺）啊……（示意班头下）

　　　　 ［班头会意下。

吴　正　李年兄！

　　　　（唱）你我同僚又同窗，

　　　　　　　扬镳分道留友情。

　　　　　　　本县断案缉凶犯，

　　　　　　　有何高见请言明。

李时珍　吴年兄，失敬了！

　　　　（唱）时珍送药访王氏，

　　　　　　　惊闻喊冤心不宁，

　　　　　　　你断母子杀媳妇，

　　　　　　　请道情由我恭听。

吴　正　（唱）娘煮蛋面儿捧碗，

　　　　　　　媳妇吃下丧幽冥，

　　　　　　　这山野无人来往，

　　　　　　　谁为凶犯全摆明！

李时珍　（唱）王氏因何害儿媳？

　　　　　　　陈昭何故杀荆妻？

　　　　　　　面中下的何种毒？

　　　　　　　年兄量必皆查明！

吴　正　这……哎！

　　　　（唱）本县察情弃烦琐，

　　　　　　　全靠大智与金睛，

　　　　　　　此番一眼定凶犯，

　　　　　　　那陈昭，果然堂上全招供！

李时珍　啊，陈昭招认了？

吴　正　招认了！

李时珍　（唱）陈昭眨眼便招认，
　　　　　　　　县尊定然动大刑！

吴　正　不错！

李时珍　啊，哈，哈——

吴　正　李年兄，为何发笑？

李时珍　（唱）县衙刑具十八套，
　　　　　　　　何愁打不出活口供！

吴　正　你，你是说本县滥用大刑，陈昭屈打成招？

李时珍　哈！年兄椅中请坐！

吴　正　（愠怒地）哼！（坐下）

李时珍　（冲水，捧杯）以水代茶，不成敬意，请！
　　　　〔吴正勉强接杯。

李时珍　（旁唱）说什么大智金睛弃烦琐，
　　　　　　　　分明是，邀功心急乱弹琴！
　　　　　　　　可叹腐吏升官梦，
　　　　　　　　酿成几多冤恨沉！

吴　正　李年兄！
　　　　（唱）你治病救人行医道，
　　　　　　　　劝你世事莫操心！

李时珍　（唱）扶危济困是本分，
　　　　　　　　见死不救丧良心！

吴　正　（唱）当初就因好管事，
　　　　　　　　丢了乌纱，你难道教训还不深？

李时珍　（唱）当官难为民做主，
　　　　　　　　冠带恼人，江湖行医笑吟吟！

吴　正　（唱）问你今日耍唇舌，
　　　　　　　　此中安的什么心？

李时珍　（唱）恭请神探重究案，
　　　　　　　　休教无辜冤海沉！

吴　正　（一震）这……

李时珍　吴年兄，当年同僚为官，你我月下对酌，曾抚心相约，誓当
　　　　清官、好官、良心官！

吴　正　年兄重提旧事，莫非责我变了？

李时珍　不错！你变了！

吴　正　啊!!

李时珍　（念）你食朝廷俸禄，
　　　　　　　理当爱民如子!

吴　正　（念）本县缉凶除害，
　　　　　　　正是爱民所在!

李时珍　（念）你罪证未明逼供，
　　　　　　　何堪大言说爱!

吴　正　（念）不施霹雳手段，
　　　　　　　职守何以担待?

李时珍　（念）分明求功心切，
　　　　　　　不顾无辜遭害!

吴　正　（念）凶犯口供在案，
　　　　　　　你闲人与我走开!

李时珍　（念）如此草菅人命，
　　　　　　　问你良心何在!

吴　正　你! 你你你……
　　　　　　［药童上。

药　童　先生!（示意李时珍入内看玉兰）

李时珍　哼!（拂袖下）
　　　　　　［药童跟下。

吴　正　哎咋! 好个李时珍呀!
　　　　（唱）半路杀出个程咬金，
　　　　　　　唇枪舌剑刺我心，
　　　　　　　不顾友情严相逼，
　　　　　　　逼得我心虚浒浒。
　　　　　　　情知证据未确凿，
　　　　　　　扑朔迷离难细寻，
　　　　　　　破案百桩在今日，
　　　　　　　已向府台报佳音，
　　　　　　　倘若自否原判重断案，
　　　　　　　"神探"牌匾褪了金。
　　　　　　　若果断然不理睬，
　　　　　　　诚恐他，他他他，名望高，
　　　　　　　脾气倔，闹上府衙祸患临，

　　　　　进退两难怎主意……

　　　　　（想计科，忽得一计）啊，是了！

　　　　　（接唱）以退为进，叫他神医操碎心！

　　　　　哼哼！

李时珍　（上）县尊大人，时珍怠慢了！

吴　正　年兄为民请命，感天动地，吴某就依你之见，网开一面。

李时珍　多谢了！

吴　正　不！本县要谢你！

李时珍　此话怎讲？

吴　正　依年兄之见，本案证据未明，就请你寻毒取证！

李时珍　啊？！

吴　正　年兄断言，王氏母子并非凶犯，就请你明断真凶！

李时珍　这……

吴　正　明早本县就要结案，律法无情，五更时分，若无证据真凶，
　　　　　本县就将王氏母子打入死牢，并问你李神医阻碍执法之罪！

李时珍　年兄！

吴　正　（向内）吩咐左右！

班、役　（内声）啊！

吴　正　打道回衙！

班、役　遵命！

吴　正　哼！（拂袖匆下）

　　　　　［王氏，提灯盏与药童匆上。

药　童　五更寻毒取证，明断真凶，哼！玩弄权术，欺人太甚！

王　氏　五更，五更……（踉跄地把灯盏放桌上）小妇蒙冤是命，累
　　　　　害先生，死不瞑目，死不瞑目呀！（顿足捶胸）

药　童　王妈——

王　氏　童儿——

　　　　　［乐凄厉，王氏与童儿相拥，王氏啜泣。

李时珍　（强抑愤怒）童儿，做你的正经事，给玉兰灌生脉散！

药　童　是！（下）

王　氏　先生！（霍然跪地）

李时珍　老人家……（扶起王氏）

　　　　　（唱）官府无情，人间存正义，

　　　　　　　　打起精神莫悲凄，

　　　　　　我与你共挑千斤担，
　　　　　　寻根问底解迷离！

王　氏　是。

李时珍　（唱）问你煮面乜时刻？

王　氏　（唱）天色朦胧五更时。

李时珍　（唱）茅屋岂有旁人在？

王　氏　（唱）并无外人进门闾。

李时珍　（唱）你岂与谁家有仇怨？

王　氏　（唱）我安分守己人共知！

李时珍　啊……

王　氏　（唱）求先生，察情由，施大智，救我一家脱祸罹！
　　　　　［内响三更鼓，王氏与李时珍一震。

王　氏　三更了，先生……

李时珍　王氏，一旁小憩，待我仔细想来！

王　氏　这……

李时珍　下去！

王　氏　是。（下）

李时珍　……五更煮面母子安排，家无外客，毒从何来？与人无怨，
　　　　真凶何在？这这这，毒从何来，真凶何在呀？！
　　　　（唱）难道说，我雾里看花走了眼，
　　　　　　　祸根果在家变中？
　　　　　　　唤她出来再问问……
　　　　（要唤，忽刹住）不可，不可！
　　　　（接唱）万不能，病症不明乱开方！
　　　　　　　王氏呼冤情悲切，
　　　　　　　断非肇祸绝情人，
　　　　　　　休向黄连投苦胆，
　　　　　　　无据猜疑太荒唐！
　　　　　　　云山雾海迷了路……
　　　　　　　时珍呀时珍，枉你当过县令，破过多少疑案，平了
　　　　　　　多少奇冤，今夜为何，一筹莫展！
　　　　（接唱）忍听更鼓催命苦彷徨！
　　　　　［王氏捧蛋面颤巍巍上。

王　氏　先生，夜深了，吃碗蛋面充饥肠。

[内四更鼓响。乐催。

[王氏大惊失措，碗掉地。

[时珍一怔，药童匆上。

李时珍　王氏！

药　童　王妈！

[李时珍与药童急近前看顾王氏，见未烫伤，药童收拾碗碎，扫地。

[李时珍扶惊呆的王氏坐下。

李时珍　（嗅到香气）童儿，你闻到香气么？

药　童　香，香呀！

李时珍　王氏，这就是你煮的蛋面，如此香气袭人！

王　氏　正是！

李时珍　（忽觉屋顶有声）童儿，你听，屋顶似有沙沙之声！

药　童　（凝神细听）是呀，似有何物蠕动！

王　氏　先生，我想起来了，昨夜五更，我煮好蛋面，放在这桌上，就听到屋顶上传来这沙沙之声。

李时珍　你看到什么？

王　氏　我想是野猫山鼠，并不在意。

李时珍　啊……古有毒虫，闻香扑食……看这茅屋，傍水依山，屋后峦嶂，草木苍苍，毒虫出没，情理之中！情理之中！（回头拾起桌下那碗，用指蘸汤又一啖）……我明白了！王氏，下厨重煮蛋面一碗！

王　氏　我知！（下）

李时珍　（接过药童手中的扫帚）快给玉兰服解毒扶正丹！

药　童　是！（下）

[内五更鼓响，李时珍平静扫地。

[锣鼓送吴正、班头、二衙役上。

吴　正　李年兄，听到五更鼓了么？

李时珍　知道县尊大驾即到，时珍正扫庭以待。

吴　正　李时珍，休要装腔作势，真凶何在？罪证拿来！

李时珍　县尊果然尽忠职守，如此刻不容缓！

吴　正　哈！吴某有言在先，五更时到，若无真凶证据，律法无情，得罪了！吩咐左右！

班、役　太爷！

吴　正	将杀人案犯王氏、阻刑人犯李时珍，锁捕归案！
班、役	领命！咴——
李时珍	哈！李时珍有请县尊，同验罪证缉真凶！（大转身泰然坐下）
吴　正	啊？……
李时珍	王氏，端蛋面上来！
王　氏	（内声）来！（端面上，置桌上）
李时珍	请县尊检验！

　　［吴正示意，班头会意，取银针往碗里一探。

班　头	禀太爷，面中无毒！
李时珍	熄灯，肃静！

　　［王氏吹灭油灯，全台灯转暗，众以各种姿态组合肃静。

　　［苏锣连音，气氛恐怖。

　　［一束灯光照于梁上，少顷，一条金环蛇探下头来，伸舌、晃动，毒液滴进面碗。

　　［台内配唱：

啊……啊……

屋顶骤传声沙沙，

梁头惊现金环蛇，

毒虫闻香来扑食，

毒液落碗如滴泉……

　　［一声沉鼓，蛇隐去，灯骤亮，众惊愕，失声。

李时珍	有请县尊再检验！
吴　正	班头，速速验来！
班　头	遵命！（用银针再探面碗）禀太爷，面中有毒！（高举银针）
吴　正	面中有毒？（猛接过银针）这，这面中有毒？（震动，颤袖）
班　头	（近前悄声）太爷？
李时珍	（逼视）县尊大人！
吴　正	原来毒蛇作孽！李年兄，你赢了，赢了！（气衰神颓踉跄）
班　头	太爷！（扶住吴正）
吴　正	班头即速回衙，把陈昭放了，并把那，那那那，那"神探"牌匾，与我摘下来！
班　头	遵命！（对衙役）走！

　　［班头、二衙役下。

李时珍	王氏，还不谢过太爷！

王　氏　叩谢太爷!

吴　正　王氏,本县冤枉了你,不胜愧疚,这里三两银子,赠你安葬媳妇!

李时珍　哈,年兄不必破费,你看,谁来了!

　　　　〔乐欢跃,药童携玉兰上。

玉　兰　婆婆!

王　氏　媳妇!

　　　　〔陈昭上。

陈　昭　母亲!

王　氏　孩儿!

玉　兰　郎君!

陈　昭　(惊喜)玉兰,你你你……

王　氏　李先生为俺平冤,又救活玉兰!

王、陈、兰　李先生!(齐跪地)

李时珍　请起,请起!(扶起众人)

吴　正　(大震)哎咋!李年兄!你……

李时珍　吴年兄!

吴　正　(唱)你起死回生真神医,
　　　　　　　又破奇案解民危,
　　　　　　　辞官不忘抚民苦。

李时珍　(唱)当初誓言不敢违!

吴　正　(唱)我求功忘义心羞愧……

李时珍　(唱)对症下药病能医!

王、陈、兰　(唱)感戴先生施甘露,
　　　　　　　　救阮枯木得葳蕤,
　　　　　　　　黎庶心中一本账。

　　　　〔台内外合唱:
　　　　　　　　　　　　先生英名万古垂!
　　　　　　　　　　　　万古垂,万古垂!

　　　　〔众造型。
　　　　〔闭幕。

编剧：王炜中

　　陈浩展（执笔）

　　陈　骅　／

风云汇路

新编八场历史潮剧

剧情简介

　　侨批，是指海外华侨通过海内外民间机构汇寄至国内的汇款和家书，是一种信、汇合一的特殊邮传载体。侨批广泛分布在广东、福建、海南等地。"东兴汇路"正是潮汕百年侨批史的缩影。百年侨批史，是一部血雨腥风的战斗史；也是闽粤侨邦的辉煌创业史。侨批档案已入选"世界记忆名录"。

　　新编历史剧《风云汇路》，取材于《潮汕文史》中的"潮汕侨眷的生命线""东兴汇路田野调查报告"等历史资料。

　　《风云汇路》写的是，日本侵略中国，潮汕沦陷，侨批中断，在这烽火连天的抗战岁月，佳兴批馆经理黄德煌，辞老母别妻儿，毅然走上秘探通汇之路，在沦陷区法越租界的洋场与日本宪兵队长、越督斗智斗勇巧周旋。在探汇路上，苑秋被德煌的仁爱道德感动而心怀爱意。事为王二哥发觉，情仇交加，萌生借刀杀人恶念，遂致批馆被日本宪兵队查抄，危难之时，苑秋与德煌带领侨业同行东兴会师，智斗日军，把东南亚各国侨批、侨汇、抗战物资，经秘密通道，护送回侨乡汕头。

　　德煌与苑秋回汕接汇。路经龙泉古寺，德煌方知妻子秋萍已改嫁，于是决意放弃认妻心愿，为爱痛苦离去，毅然走上开辟汇路的新征途。全剧在悲、欢、离、合、恩、怨、情、仇中结束。

时间：抗日战争时期

地点：滇越边陲东兴

人物：黄德煌——佳兴批馆经理、林秋萍之夫。（小生）

　　　林秋萍——黄德煌之妻。（闺门旦）

　　　苑　秋——芒街庄口收找业主。（武旦）

　　　高志鹏——佳兴批馆侨批业者派送员。（小生）

　　　黄　母——黄德煌之母，秋萍之婆婆。（青衣）

　　　黄继宗——黄德煌之子。

　　　志　坤——秋萍之后夫，李嫂之侄儿。（小生）

　　　李　嫂——志坤之姑母，黄母之义妹。（末）

　　　赵自然——侨批武装护批队队长。（丑）

　　　许从敏——金边老奇香批局经理。

　　　邹惠长——堤岸银信局，东兴指导站站长。（老生）

　　　黄继秋——西贡钱庄司理。

　　　张春良——玉合批局经理。

　　　曾会长——泰国潮州会馆会长。

　　　吴其丰——汕头万丰发批局老板。

　　　徐　祥——慈善会会长。（老生）

　　　王二哥——山货小店主。（丑）

　　　阿　义——西征战士。

　　　刁腾蛟——越南西贡总督。（丑）

　　　红毛、阿才——河口老街边境流寇。

　　　吉布、齐平——钦州灵山绿林好汉。（净）

　　　谷太郎——日本驻西贡党兵司令部宪兵队队长。（净）

　　　卖报童、船夫、批脚、山牛等武装护批队队员若干。

　　　乡丁、舞者、百姓、老者、男女青年若干。

　　　众宪兵，日、越军警若干。

序幕　血雨丹心

[一九三八年初春。

[汕头港口码头。

[海天茫茫，波涛汹涌，码头海面上，英、法、日外国轮船
　的桅杆上，旗徽迎风飘荡。抛锚的巨轮，即将起航。

[乐起：悲愤、激越。

[幕前歌（唱）：

> 沿海七省已沦陷，
> 苍茫大地黯无光。
> 望洋兴叹兵灾苦，
> 百万侨眷水火间。

[幕启：一卖报童手挥报纸边喊边上。

报　童　卖报，卖报，《民国日报》。特大新闻：沿海七省沦陷，大好
　　　　河山，沉沦将半。卖报，卖报，惊人消息：交通中断，批局
　　　　倒闭，钱庄关门。百万归侨，身陷水火。

[台内响起阵阵枪声和飞机轰鸣声。由远及近。
　继而有人喊：哎呀！日军来了，大家伙走呀！

[众百姓扶老携幼，惊慌失措，在荷枪实弹的日本兵威逼和
　驱赶下，仓皇过场。

报　童　（惊慌）哎哟，日军来了，走呀！（随众人慌下）

[高志鹏被两个乡丁绑着推上场。

乡丁甲　走！

乡丁乙　快走！

高志鹏　冤有头，债有主，二位乡丁，抓我何来？

乡丁甲　嘎好，你唔知情，我给你咀分明，丁二爷就是主。二爷说：
　　　　批局全倒闭，你父已饿死，掠你这批脚，卖身抵债钱！

高志鹏　卖我去哪里？

[船上传来轮船即将远航的汽笛轰鸣声。

乡丁乙　听见了吗？船欲过洋，把你卖给日军建新机场。

高志鹏　（气愤）乘人之危，置我于死地，我死也不去！

乡丁甲　不去也得去，走！

乡丁乙　（狠推）快走！

　　　　　［挣扎着的高志鹏被乡丁推拉着下。

　　　　　［黄德煌偕母亲、妻儿拭泪上。

黄德煌　母亲，我，我走了！

黄　母　儿啊，你真的要走么？

黄德煌　正是，母亲，我的慈娘呀！

　　　　　（义愤填膺）（唱）我怎能，眼睁睁，

　　　　　　　　　　　　　　忍看批馆倒闭，侨眷陷苦境。

　　　　　　　　　　　　　　苟活偷生的妇孺、饿殍，成新鬼，

　　　　　　　　　　　　　　白发人，送黑发人，声泪俱下祭亡灵。

　　　　　　　　　　　　　　日军血腥暴行，点点滴滴记在胸，

　　　　　　　　　　　　　　激得我，满怀愤恨，义愤填膺。

　　　　　（慷慨激昂）（念）开辟汇路，我矢志不移，

　　　　　　　　　　　　　　纵有千难万险，万死不辞。

林秋萍　德煌，（触动地）你、你、你，决意离我而去么……

黄德煌　不错！杀出一条血路，尚有一线生机，汇路不通，坐而待毙。

　　　　　（唱）辞别慈娘心难安。

　　　　　　　　难舍苦守我妻房。

林秋萍　（唱）小继宗是阮亲血脉，

　　　　　　　　莫忘妻儿和高堂。

黄　母　（唱）儿你为辟汇路异国去，

　　　　　　　　汇路通时早传还。

黄德煌　母亲，我记住了。（船上传来鸣笛声）噢，汽笛响，轮船就
　　　　　要起航了。

黄　母　（悲伤）儿啊，娘，娘我……真舍不得你走呀！（掏出玉锁）
　　　　　煌儿，这玉锁，成双成对，是阮祖上传家之宝。媳妇秋萍与
　　　　　你同心永结，老天保佑我儿，平安回来。（为德煌挂上玉锁）

林秋萍　德煌，这玉锁，正是婆婆对阮夫妻一片心意，你，你，不要
　　　　　忘了……家呀！

　　　　　［秋萍背上婴儿啼哭。

黄德煌　（手抚背上婴儿）我，我知道了。（痛苦地）母亲、秋萍……
　　　　　我，我走了！

黄　母　儿啊……

林秋萍　德煌……

［在婴儿啼哭声中，三人相拥，依依不舍，挥泪作别。

［光渐收。

［幕后歌（唱）：

啊⋯⋯

侨批断，侨眷遭罹难。

待何日，侨汇通粤闽。

［天幕上出现"风云汇路"剧名。

［幕在歌声中徐下。

第一场　苦寻汇路

［一九四〇年深冬。

［探汇路上，崇山峻岭。

［二幕前。黄德煌手撑雨伞，腰间浴布遮住旅行袋，藏着小
　金链，迎着风雨艰难上。

［黄德煌内唱：云山缥缈朔风寒，

黄德煌　（上接唱）心急如焚忙打探，

穿云雾，越山冈，

披荆斩棘，顶风沐雨不怕难，

人道最苦是黄连，

德煌今日来亲尝。

夜宿荒山，地做床。

［山道荆棘丛生处，突然闪出巨蟒。

黄德煌　（惊白）哎咋！蛇，蛇，蛇！（细观）哦，原来是，一条大蟒
蛇。（折下树枝与蛇激烈搏斗，将蛇赶跑）

（接唱）这、这、这一路，

蚊叮蛇咬脚起泡。

挨饥受冻苦难当。

［一阵狂风吹来，黄德煌差点被刮下山，挣扎着爬起来，迎
　着风雨艰难前行。

（接唱） 日军进驻越南境，
　　　　侨批侨汇受阻拦。
　　　　辟通汇路急如火，
　　　　解危济困不怕难。
　　　　我，黄德煌，离家出走，从西贡经堤岸，到金边接
　　　　替佳兴批馆职务，屈指算来，已过三载，谁料日军
　　　　进驻越南，抗战转运物资受阻拦，批禁日甚。数月
　　　　前，经商人王二哥引进，结识了收找业主苑秋小姐。
　　　　找汇设点，当务之急，待我前往河口镇，探个究
　　　　竟。（下）

　[肩挑山货，扁担上挂着酒葫芦的王二哥，迎着寒风似醉非
　　醉上。

王二哥　（唱）肩挑山货喽……（摘下酒葫芦喝酒）酒呀，酒真香。
　　　　腊月冷风，（浑身颤抖打寒噤）刺呀，刺骨寒。
　　　　做生意人，（担子左右摇晃）求哟，求财利。
　　　　山高路陡，悬崖峭壁，也敢攀，也敢攀。

　　　（白）小人，姓王，名二哥，钦州人氏，肩挑桂皮、桐油和
　　　　菜籽。收购山货，常来在这，三不管的，荒山野地。
　　　　（吃着从口袋掏出的花生）数月前，广州湾结识，佳兴
　　　　批馆经理黄德煌。这批馆是棵大树，大树底下可乘凉。
　　　　移宽就紧，佳兴批馆的侨汇钱，可帮我利滚利。哈，
　　　　哈，哈！佳兴呀佳兴，你这批馆，就是我王二哥的，
　　　　生意经。（望着担上山货乐滋滋）今日运气真好，收了
　　　　满满一担山货，真是乐坏我王二哥。（抬头远望）哦，
　　　　前面已是沅江，暂歇一下。（放下担子）（台内风起）
　　　　噢，浮大风，天欲变脸，我猛猛觅个地方，暂避风险。
　　　　（匆下）

　[二幕启，天幕上电光闪闪，雷雨阵阵。绵延不断的峰峦，
　　烟雾迷蒙。

　[越南的同登，三百米处是镇南关，关楼左侧是左弼山城墙，
　　右侧是右辅山城墙。关楼风姿伟岸如巨蟒分联两山之麓，
　　楼上竖着一根木柱子，写着："广西门户已不再存在了。"
　　镇南关与北岸之河口镇相对，中间隔着百余米的河口铁桥。
　　老街西面隔着沅江与谷寮桥对峙，河口桥被炸路毁，已成

死镇，满目荒凉。

〔黄德煌肩挂行旅袋，手撑雨伞，顶风浴雨跌跌撞撞上。

黄德煌　（念）顶风浴雨步匆忙，
　　　　　　　　只为通汇心挂牵。
　　　　　　　　不觉来到镇南关，
　　　　　　　　镇南关前探一番。

（望着镇南关）（白）镇南关，哦，镇南关。（望着楼上柱子）（念）"广西门户已不再存在了"。（气愤）哎咋，耻辱柱，耻辱柱，这耻辱柱呀！

（愤极）（唱）抬头猛见，城上木柱留，
　　　　　　　　　顿教德煌满面羞。
　　　　　　　　　想起这桩耻辱事，
　　　　　　　　　不由我，怒火满腔恨难休。
　　　　　　　　　清法不宣而战，清军统帅望风而逃，
　　　　　　　　　耻辱柱，高高插在古城头。
　　　　　　　　　抗法名将苏元春、老将冯子材，
　　　　　　　　　卒军民，为国雪恨，史上载风流。
　　　　　　　　　孙中山，领导镇南关起义，
　　　　　　　　　金鸡山，浴血奋战，弹尽粮绝，
　　　　　　　　　动摇清朝帝基，虽败犹荣，英名传千秋。
　　　　　　　　　侵华日军，占领镇南关，烧毁关楼，
　　　　　　　　　劫走石刻横额，拆下拓印大字，南关重蒙羞。
　　　　　　　　　忆往昔，多少兴亡史，峥嵘岁月稠。
　　　　　　　　　先烈鲜血和教训，晓以大义，励我壮志，
　　　　　　　　　前赴后继，德煌我，汇路不通，永不回头。

（白）德煌我，为探汇路，身带金条代西纸，前往河口镇，
　　　　设法打探结汇价格，可为通汇铺平道路。（望着天空，
　　　　高兴地）噢，雨过天晴，前面便是老街。老街对面便
　　　　是河口，待我上前看来！

（接唱）急匆匆，来到老街镇，
　　　　　　　探汇路，汗流浃背步不停。
　　　　　　　老街河口相对峙，
　　　　　　　数十里边关无人烟。
　　　　　　　河口铺户已荒废，

残垣断壁成死镇。（远望感叹）

眼前这河口桥被炸路毁，

数十里村镇无人烟，

教人望而心寒呀！

　　〔流寇红毛、阿才身藏大刀和匕首蹑足四顾，逃逃闪闪暗上。

红　毛　（念）我红毛，出没边关身带刀。

阿　才　（念）我阿才，身带匕首当恶魔。

红　毛　（念）俗话说，火唔烧山地唔肥。

阿　才　（念）想发财，杀人放火也敢做。

红　毛　（发现）阿才，山坪有人！

阿　才　（喜）机会来了，阮且"闪磨"。（藏僻处）

黄德煌　（忧心忡忡）（接唱）

　　　　　这，这，这，三不管偏僻地，

　　　　　德煌我，胆战，胆战心又惊。

　　　　　犹闻流寇贼匪如牛毛，

　　　　　欲建通汇据点万不能，万不能。

　　　　　〔台内响起雷声，继而山雨如注。

黄德煌　（白）哎，山雨如注下不停，道路崎岖步难行，前无人家后

　　　　无店，难觅一处可安身。

　　　　　〔红毛、阿才突然闪出，挡住黄德煌。

红　毛　肩上包裹放下！身上钱银拿出来！

阿　才　（亮出匕首）要不然！嘿，嘿！休怪老子无情！

黄德煌　（惊恐地紧抱包裹）好汉做情，做情！

红　毛　什么做情不做情！我要的是，你包裹内的钱银！

阿　才　要是钱唔拿出，（威逼地）老子等下，白刀子入，红刀子出，

　　　　一刀结束你的狗命。

　　　　　〔红毛冲过去夺包，黄德煌与红毛争夺，三人扭做一团。

　　　　　〔王二哥内喊：好兄弟，手下留情，手下留情！边喊边慌上。

红　毛　（夺过包裹掏出金链）哈，哈，哈！金链，金链！（藏身上）

阿　才　（闻呼唤声心慌）红毛兄弟，有人看见，不留活口。

红　毛　（凶狠地）阿才，待我来。（飞脚踢去）

黄德煌　哎哟……（被踢晃荡）

　　　　　〔王二哥冲上来，放下山货，拿起扁担与红毛、阿才恶斗。

王二哥　（惊呼）德煌兄，王二哥来了！

黄德煌　王二哥，你，你来得正好！救，救我……

红　毛　（飞脚踢向黄德煌）老子送你上西天！（黄德煌被踢下沅江）

　　　　〔王二哥冲上去救黄德煌，揪住衣衫，拉不住，往下滑，黄
　　　　　德煌掉入沅江。

　　　　〔红毛、阿才见势不妙，慌下。

　　　　〔台内雷鸣电闪。

王二哥　（惊呼）德煌！德煌……

第二场　家姑劝媳

　　　　〔一九四一年秋。

　　　　〔鲐浦天港村黄德煌家。临海木屋，屋檐下一门一窗。右侧
　　　　　远方，梧桐在秋风中叶落飘荡。曲折小路伸向海边。木屋
　　　　　门前木架子上挂着渔网。竹梭连着网线吊在网上。远处大
　　　　　海波连波。

　　　　〔幕启：林秋萍在凄婉的乐声中默默地织网。

　　　　〔疲倦的小继宗从屋里走出，伏在林秋萍的大腿上。

继　宗　妈妈，叔叔，叔叔他会来吗？

林秋萍　孩子，叔叔他，他会来阮家收网的。

继　宗　好，我跟妈妈一起，等叔叔！（慢慢睡去）

　　　　〔林秋萍见状脱下身上衣衫，披在继宗身上。

　　　　〔屋内黄母内声：秋萍，天冷，别让孙儿受凉。

林秋萍　婆婆，我知。（带继宗入内复出）

　　　　〔幕后伴唱：

　　　　　　　　梧桐叶落飞满天，
　　　　　　　　片片落叶添愁肠。
　　　　　　　　儿夫罹难在他乡，
　　　　　　　　秋萍苦守已三年。

林秋萍　三年，三年了。听李嫂说，德煌为探汇路，遭贼被害坠江身
　　　　亡。婆婆日夜忧伤，病魔缠身，又遇连年灾荒，（伤心）这

个家……这个家……叫我如何担受！哎，秋萍呀秋萍，你为
何如此命苦……

黄　母　（内声）秋萍……秋萍，我，我肚饿了，锅内还有食物吗？

林秋萍　（入内拿出空锅摇头）婆婆，锅里无粥，志坤兄今日来收网，
　　　　会给阮家送点米来的。我把渔网收尾，可让志坤兄带回。
　　　　（匆忙拿起梭子织网）（唱）
　　　　婆婆肚饿喊连声，
　　　　无米下锅泪暗流，
　　　　志坤兄，今日来收网，
　　　　举梭将网快织成。
　　　　稚儿弱女无依傍。
　　　　望断海天哭无声。
　　　　意望儿夫同聚守，
　　　　谁料到，夫郎异乡丧了命，
　　　　哎夫唅，我的德煌兄，
　　　　你岂知，秋萍此身遭苦境。
　　　　这，这，这，这一家……
　　　　奉姑养子，谁人，谁人来担承……（边收网，边伤心落泪）
　　　　［黄母病重体弱，步履艰难地从屋里走出，来到林秋萍身边。

黄　母　秋萍，志坤今日，真的来收网送米么？

林秋萍　（放下竹梭）是呀，婆婆，早间路遇李嫂，听她说，志坤今
　　　　日欲来阮家收网送米，媳妇把渔网收尾手工织好，等下志坤
　　　　兄到来，也可让他带回去。

黄　母　噢，有来就好。志坤是个好人，时时为阮操心。（爱抚地）
　　　　秋萍，我的贤媳妇呀！
　　　　（唱）为探汇路，煌儿异乡丧了命，
　　　　　　　忧思煌儿，我病魔缠身。
　　　　　　　煌儿是我单丁仔，
　　　　　　　日夜思念，我泪滴满胸。（体虚差点跌倒）

林秋萍　（忙扶住）婆婆仔细！

黄　母　（接唱）三年来，侨批中断苦重重。
　　　　　　　　到如今，安乐侨乡成惨景。
　　　　　　　　难为我的贤媳妇，
　　　　　　　　一家三口，是你苦担承。

林秋萍　（哭泣）婆婆……

黄　母　（接唱）每日里，你织网帮工金垅去，
　　　　　　　　换来柴米，糊口活命度日艰辛。
　　　　　　　　我知你，含辛茹苦过日子，
　　　　　　　　痛失夫君，含悲忍泪，欲哭无声。

林秋萍　（悲伤痛哭）德煌，我的夫唅……

黄　母　（接唱）阮婆媳，同做孀守妇，
　　　　　　　　难道是，前世今生命注定。
　　　　　　　　小孙儿，继宗是你亲血脉，
　　　　　　　　也是黄门后裔一脉香丁。

　　　　　〔志坤肩背米袋偕李嫂上。

志　坤　（上念）相交相识有深情，
　　　　　　　　送米收网觅秋萍。

李　嫂　（上念）侄儿上门来求亲，
　　　　　　　　求亲会成亲上亲。

　　　　　〔闻哭声门外侧听。

黄　母　（接唱）婆婆受尽乡规族法苦，
　　　　　　　　怎甘让你，重走老路，苦守终生。
　　　　　　　　都只为，前人事业要继承，
　　　　　　　　故因此，才劝你改嫁黄家门庭。

林秋萍　（唱）婆婆一片苦心，媳妇铭记在胸。
　　　　　　　怕的是，改嫁之事，牵连自己，坏了黄门名声。

黄　母　（唱）说什么，坏了名声不名声，
　　　　　　　只因为，情势逼人入绝境。
　　　　　　　若是黄门，后裔断了脉，
　　　　　　　祖上香丁谁继承。

　　　　　〔继宗隐现内室。

林秋萍　（受触动）这么……（委婉地）只是……

黄　母　只是什么？

林秋萍　只是德煌尸骨未寒，又凭李嫂一口传言，若是日后德煌活着
　　　　回来……

　　　　　〔继宗站在门内窗口细听。
　　　　　〔李嫂偕志坤推门，进门。

黄　母　三年了，杳无音讯，有事由我担待！

李　嫂　秋萍。志坤是我侄儿，每日里，他放网，你织网，日日相见，你夫德煌被贼人所害，是我侄儿王二哥，亲眼所见，亲口传来的消息。

志　坤　秋萍，王二哥是我表兄，定无虚言。

李　嫂　秋萍，志坤对恁一家，照顾周到，你若嫁给志坤，你婆婆和儿子也有个依靠。

黄　母　秋萍，你与志坤之事，相交相识也非一日，婆婆看在眼里，记在心里。李嫂是我义妹，这人命关天的大事，定无虚言。

林秋萍　（担心、害羞地）志坤他……

志　坤　（害羞、高兴地）秋萍，我……

继　宗　（内声）妈妈！（天真地蹦跳上）妈妈，我爱叔叔……（走近志坤身边）

　　　　［幕后女声独唱：

是欢歌，是悲歌，

蹉跎岁月叹蹉跎。

绝境求生乃本性，

人间自有真情在。

　　　　［歌声中林秋萍、志坤相视默默无语。

　　　　［光渐收。

第三场　僻偶怀旧

　　　　［一道尼龙纱幕把舞台分成前后表演区。

　　　　［幕启时，前灯暗，后灯亮，舞台现出辽阔海疆，乱云飞渡。台内战马嘶鸣，炮声隆隆。

　　　　［在激越、波澜起伏的音乐声中，日军宪兵队队长谷太郎，领着荷枪实弹的日军士兵冲杀过场。

谷太郎　（上念）皇军成功偷袭珍珠港，

挥师一举进军越、老、柬。

（举起指挥刀高喊）大日本帝国的勇士们，给我冲啊！

众宪兵　冲啊……

　　　　〔谷太郎领众宪兵冲杀下。

　　　　〔前灯亮，后灯暗，舞台突现前表演区。

　　　　〔王二哥肩背行旅袋，在阵阵枪声中，慌忙四顾上。

王二哥　（上念）四处寻觅坠江人，

　　　　　　　　　冒险闯关来金边。

　　　　　　　　　磨破嘴皮方知已搬走，

　　　　　　　　　海防成了德煌落脚点。

　　　　　　　　　德煌被贼匪踢下沉江，是我设法告知乡里人。后来
　　　　　　　　　被渔翁救起，死里逃生，是我帮他返回金边批馆。
　　　　　　　　　这些日子，我叫苑秋，为他排忧解难。听呾批馆侨
　　　　　　　　　汇被阻海防。哈，哈，哈！大树底下可乘凉，今日
　　　　　　　　　觅伊来借钱。

　　　　（唱）人呾富贵出凶年，

　　　　　　　　他通汇来我赚钱。

　　　　　　　　番批钱银来借用，

　　　　　　　　移宽就紧利自添。

　　　　（白）泰国、印尼番批银和美洲华侨抗战物资，已到海防。
　　　　　　　　我求德煌借点社会钱银，做免本钱生理，他做个顺水
　　　　　　　　人情，岂不是两全其美。（越想越高兴）对，对！就是
　　　　　　　　这个主意！（下）

　　　　〔纱幕启，全台灯亮，舞台一角，佳兴批馆正厅。近处芒街
　　　　　市日本宪兵站，法、越军警通关过境监视站旗徽飘扬。远
　　　　　处东兴镇，国民党统治区国旗依稀可辨。隐隐约约传来阵
　　　　　阵机关枪声。

　　　　〔纱幕启时，黄德煌怅立窗前沉思。

　　　　〔台内歌沉郁隐起：

　　　　　　　　　　　　　　（女声独唱）

　　　　　　　　　　　　　夜沉沉，情深深，

　　　　　　　　　　　　　思念亲人难入眠。

　　　　　　　　　　　　　惊涛激起千重浪，

　　　　　　　　　　　　　难描游子一片心。

　　　　〔苑秋暗上。

黄德煌　（唱）日军偷袭珍珠港，

　　　　　挥师侵占越老柬。
　　　　　侨批中断三年整，
　　　　　未传音讯回家乡。
　　　　　高堂白发长盼待，
　　　　　继宗秋萍可平安。（摘下胸佩玉锁，放在桌上呆坐凝思）
　　（白）玉锁呀玉锁，原想成双成对，相依相伴，如今却是物
　　　　　是人非，事与愿违……（神思恍惚昏睡）

苑　秋　（见物生情）玉锁呀，玉锁……
　　　　（深情唱）见玉锁，敬意从心起，
　　　　　　　　　相隔万里，难舍夫妻情和义。
　　　　　　　　　舍小家，为大家，胸怀大志，
　　　　　　　　　他是奴家心上好男儿！
　　　　（惋惜自叹白）可惜他，他已有妻室之人，苑秋纵有万种情
　　　　　　　　　　丝，怎可夺人之爱！
　　　　（脱下玉锁唱）见玉锁，敬意从心起，
　　　　　　　　　相隔万里，雄装家国大义。
　　　　　　　　　批禁日甚，抗日物资受阻，
　　　　　　　　　披星戴月为转移。
　　　　　　　　　苑秋我，为爱藏心中，
　　　　　　　　　欲助他，完成民族大义。（悄悄近前，伸手夺
　　　　　　　　　过玉锁戴在手上）

黄德煌　（醒一怔）啊……苑秋妹！
苑　秋　（同情地）德煌兄，你，你又在想家里亲人了？
黄德煌　是啊，三年音讯不通，家人必定遭灾，叫我怎能安心？如
　　　　今，太平洋战争爆发，日军加大管控力度，援华物资受阻，
　　　　我心难安！
苑　秋　是啊，批禁日甚，日本宪兵部交涉越督，制止援华物资从滇
　　　　越铁路经过。
黄德煌　不错。正因此事，未知志鹏转运物资进展如何。
苑　秋　志鹏从日军机场逃出，回到批馆管仓库，吃过苦的人，你免
　　　　担心。再咧，我已派人帮他将物资从海防转到河内中转站。
黄德煌　（兴奋地）办得好，办得妙，苑秋啊！
　　　　（唱）你是收找业界一能人，
　　　　　　　熟悉门路，熟知侨批情。

　　　　　　　十里洋场终日巧周旋，

　　　　　　　足迹踏遍边关滇越境，

　　　　　　　多年寻觅贤人探汇路。

　　　　（夹白）广州湾，海上巧遇王二哥，

　　　　（转唱）你表兄，热心将你来推荐。

　　　　　　　　　　今日里，深得苑妹来指引。

　　　　　　　　　　这恩和义，德煌长记在心胸。

苑　秋　德煌兄言重了！天下侨眷一家亲，我表兄咁，德煌兄乃侨批
　　　　世家子弟！

黄德煌　远离家乡，今非昔比。虽侨批世家子弟，如今汇路风涌云
　　　　起。苑妹啊！

　　　　（唱）我家祖上三代侨批邦，

　　　　　　　三地联号全程联网。

苑　秋　噢！自收、自寄、自投。创办批馆，家庭式运营。这是造福
　　　　桑梓大好事呀！

黄德煌　（唱）长思那，日军机场劳工苦，

　　　　　　　码头肩挑朔风寒。

　　　　　　　老过番，苦汗终日流不断，

　　　　　　　一生苦路走不完。

　　　　　　　又亲见，日军进兵到越南，

　　　　　　　烽火灾难临乡邦。

　　　　　　　眼前事，孤寡妇孺盼侨汇，

　　　　　　　闽粤侨眷水火间。

苑　秋　（唱）德煌兄，继承先业志不移，

　　　　　　　硬汉子，忧心侨眷一寸丹。

　　　　　　　辟汇路，难关挡道不怕难，

　　　　　　　苑秋我，愿当引路不辞忙。

　　　　（激动近前拱手无意露出手中玉锁）

黄德煌　（一震）玉锁！（伸手欲夺）还我！

　　　　［王二哥上，欲进批馆突然窥见，不满退回侧听。

苑　秋　（惬意玩笑缩回）这玉锁，锁住了你，可锁不住我的心！

黄德煌　苑秋，我是有妻儿之人，这玉锁成双成对，是我母亲给我夫
　　　　妻的定情之物！（伸手夺回）

苑　秋　（赞叹惋惜地）我真羡慕唐山阿嫂，有你这样有情有义、有

责任心的好丈夫!

王二哥 （心怀不满）哇，无想到二人块情"照胶"，苑秋是我表妹，又是我心上人，让他如此下去，我的如意算盘，早晚定遭"敲破"。（心怀叵测）德煌呀德煌，"秀才食勝饼有日"，我王二哥决不与你甘休!

黄德煌 苑秋呐，西贡、堤岸经理、会长、董事，今日欲到东兴察看、指认，阮可先到岳山码头恭候。

苑 秋 也好。只是志鹏……

　　　　［志鹏：（内声）德煌兄……（边喊边上）

苑 秋 说曹操曹操到，你看，志鹏来了!

黄德煌 来得正好，志鹏，你暂留批馆，等待暹罗曾会长到来，领着他们到东兴会师。

高志鹏 我知。

黄德煌 苑秋，阮可立即启程，到岳山码头接客。

苑 秋 好，来走!

王二哥 （进门拦住）且慢! 恁欲去哪里?

苑 秋 表兄，阮欲前往东兴。

黄德煌 是啊，二哥，阮欲前往东兴。你……

王二哥 我，我今日到来觅（手势比钱）钱路!

煌、苑 （同时）觅钱路?

王二哥 恁个番批银，救灾物资堆积如山，我欲恁，做个顺手人情，借点侨批钱银，做免本钱生意。

煌、苑 （同时）挪用侨汇! 这……

黄德煌 （采白）借侨批钱，做私人生意，
　　　　　　　 不守诚信，不讲道义。

王二哥 （采白）河口遇贼，你坠江底，
　　　　　　　 是我仗义，将你救起。

黄德煌 （采白）二哥恩情，我永记心里，
　　　　　　　 他日通汇，报恩定有时。

王二哥 （采白）口说报恩，欲待何时。
　　　　　　　 移宽就紧，最合实际。

黄德煌 二哥啊!
　　　　（唱）侨眷生活，靠的是侨批钱，
　　　　　　　 潮汕百万华侨等待接济。

笃诚如金，守信比命重，
侨汇钱银怎可乱私移。

苑　秋　表兄呀！
　　　　（唱）佳兴批馆，诚实守信名声香，
　　　　　　　老字号，创建批馆百余年。
　　　　　　　代代相传，子继父业默默奉献，
　　　　　　　侨批侨汇，业通四海遍南洋。
　　　　（白）行有行规，诚信二字不可违。
黄德煌　苑秋说得好，创办批局，经营收找，重信誉守承诺，公私分明，我德煌决非忘恩负义之人，二哥救我一命，来日自当报偿。
王二哥　（不以为然冷笑）哦，哈哈哈！怎真贤呾话，苑秋你也代伊说情。（狡诈地）好呀！如今日本宪兵、法越军警，四处查抄，怎唔愿做顺水人情，哼哼！日后休怪我无情！
　　　　［王二哥气愤、不满匆下。
黄德煌　二哥！
苑　秋　表兄！
　　　　［光渐收。

第四场　会师东兴

　　　　［一九四二年仲夏。
　　　　［北仑河两岸。
　　　　［东兴是国统区，隔着北仑河与芒街相对，海防到岳山有汽电船可乘，芒街是日本宪兵部和法越军警过境通关检查站。
　　　　［二幕前。路上，二批脚拉着黄包车边唱边上。
批脚甲　（唱）我在批馆拖手车，
批脚乙　（唱）手按车铃叮当声。
批脚甲　（唱）终日穿街又闯巷，
批脚乙　（唱）租界洋场留脚迹。

甲、乙　（合唱）烈日底下通身汗，

　　　　　　　　　　岳山码头匆匆行。

批脚甲　老弟唅，今日阮欲去岳山码头，接乜人你岂知？

批脚乙　你是头人，我是脚仔，头人唔咀，人仔怎知。

批脚甲　（喜，自语）封我头人……哦，哈，哈！（对乙）弟唅，你一呵脑，阿兄个耳"突突"，心痒痒，嘴滑滑，唔咀也着咀，你听：

　　　　（敲板）金边批局老奇香，

　　　　　　　　　堤岸银信邹惠长，

　　　　　　　　　西贡钱庄黄继秋，

　　　　　　　　　玉合批局张春良。

　　　　　　　　　还有暹罗华侨救荒会，

　　　　　　　　　各地存心善堂也到场。

批脚乙　这就奇，存心善堂、华侨救荒会来做什么呢？

批脚甲　弟唅，教你晓，百钱了。暹罗、马来、新加坡，送来抗战物资。华侨救荒会、存心善堂，宣传支援祖国抗战，侨胞伙，纷纷节衣缩食，有钱出钱，有力出力，抗日救国。

批脚乙　老兄唅，你知今日来乜人，伊人想做乜事。你岂知？

批脚甲　（旁白自语）人未来，事先知，这么是硬功夫！（对乙）老弟唅，你个工课硬，我着拜你做师父。

批脚乙　想唔到今日河水"颠倒流"，阿弟排在阿兄头。好，我来咀。

　　　　（敲板）海防七省被封死，

　　　　　　　　　唯一东兴通内地。

　　　　　　　　　同行半信又半疑，

　　　　　　　　　才有东兴来会师。

批脚甲　哇，贤，贤，贤，还是由你来领头！

　　　　〔黄德煌内喊：批脚，快来载人呀！

批脚乙　噢，德煌兄带堤岸、西贡批局头人来了！（对内答）知道了，就来！

批脚甲　老弟唅，阮猛猛去接人。

批脚乙　好，猛猛去接人。（下）

　　　　〔二幕启，岳山码头通关检查站，右侧日本宪兵、左侧越南军警严加把守。

　　　　〔谷太郎、刁腾蛟现场严密监控。

刁腾蛟　（恭维地）谷太郎队长，辛苦了！

谷太郎　（轻狂地）哈，哈，哈！为天皇效忠，职责所在！

　　　　（骄妄地）（唱）皇军已向九龙城挺进，

　　　　　　　　　　　　大东亚共荣圈已形成。

　　　　　　　　　　　　援华物资侨汇严管控，

　　　　　　　　　　　　恁等须时时谨记在胸。

　　　　（对口威胁）刁督先生，贵方若有疏忽，哼，哼！唯你是问。

刁腾蛟　是，是，是！

　　　　（献媚地唱）皇军宪兵部命令，已坚决执行，

　　　　　　　　　　　各国援华抗战物资，全面叫停。

　　　　　　　　　　　潮人侨批局派送员，严令登记，

　　　　　　　　　　　批馆码头设关卡，寸步难行。

　　　　〔台内响起黄包车铃声。

宪　兵　（发现）报告，队长！前面来车来人！

谷太郎　过关车辆、人等，统统严加盘查，不许疏忽！

宪　兵　遵命！

　　　　〔黄德煌、苑秋、邹惠长、黄继秋、徐祥五人乔装商人模样
　　　　　乘黄包车上。

苑　秋　（唱）海防乘舟岳山行，

　　　　　　　　船上巡警日本兵。

黄德煌　（唱）上船落船严监视，

　　　　　　　　摇旗呐喊查证件。

警、兵　（吹哨摇旗，如临大敌）车的，停，停，快停！

　　　　〔众人下车。

刁腾蛟　（气势汹汹）你们是什么人？到哪里去？

苑　秋　越督，我们都是商人，欲到东兴。

刁腾蛟　到东兴干什么？

黄德煌　（挺身而出）收购山货。

谷太郎　（警觉地）你的，叫什么名字？

黄德煌　黄德煌！

谷太郎　（疑惑地）是收购山货？还是做侨汇？

黄德煌　（巧妙误导）侨货，对，对，对，做侨货。

　　　　（念）东兴是侨乡，侨乡侨货满市场。

　　　　（快念）山农提的、背的、挑的、担的，车运的桂皮、胡椒、

桐油、八角和菜籽，还有……

谷太郎 （不耐烦制止）够了，够了！这些山货运到哪里去。

黄德煌 收购山货药材，运回西贡河内。

刁腾蛟 队长，他说的，我知的全是实情。

谷太郎 （释疑挥手）你们的，统统地走！

　　　〔谷太郎、刁腾蛟各自挥手示意撤警，众下。

黄继秋 德煌兄，智勇双全，调虎离山！

众　人 （同时）巧妙应对，调虎离山！哈，哈，哈！

　　　〔众人重上黄包车。

　　　（唱）：

　　　　　乘车沿着芒街行，

　　　　　不觉已到桥头仔。

黄继秋 （唱）芒街前面是东兴，

　　　　　魑魅魍魉渐消声。

批脚甲 经理，车已到北仑河码头，对岸便是东兴。

黄德煌 如此，恁回批馆去吧！

甲、乙 是！（两人拉车下）

黄德煌 （发现）噢，船在对岸码头。（向内喊）渡伯哙，过来载
　　　人呀！

船　夫 （内答）知道了，就来，就来……（撑船上）

　　　（上念）那边码头"闹热在"，

　　　　　机会来到我唔知。

　　　（白）待我猛猛来开船。

　　　〔船到对岸，放下跳板。

船　夫 大家伙，来上船。

众　人 好，来上船。（众上船）

邹惠长 阿伯，你撑多久渡船？

船　夫 撑船是我个食饭戏，行船走水，时间倒也不短！

　　　（唱）小老行年四十九，

　　　　　日日夜夜江上守。

　　　　　沅江来，北仑去，

　　　　　南来北往十余秋。

邹惠长 噢，阿伯在江上，撑了十几年渡船。（对船夫）伯哙，沅江
　　　两岸景况如何？

船　夫　（唱）南关五里到冯祥，
　　　　　　　河口老街相对向。
　　　　　　　河口桥，被炸断，
　　　　　　　桥炸路毁无人烟。
　　　　　　　房屋商铺已倒塌，
　　　　　　　镇荒市死实凄怜。

苑　秋　德煌兄，阿伯咀的，与你初探南关汇路之事，丝毫不差。

邹惠长　（领悟地）噢，前无人烟，后无客店，南关一片凄凉。

黄德煌　是啊，河口已成死镇，南关边境，已成废墟，怎可建成汇路
　　　　据点。

船　夫　（接唱）泰国有人来探险，
　　　　　　　　山高路陡不合想。
　　　　　　　　流寇盗贼如牛毛，
　　　　　　　　劫财害命惹祸殃。

苑　秋　伯唅，你岂曾见过？

船　夫　何止见过，阿伯还救过遇贼坠江之人！

黄德煌　（一震）哦，救过遇贼坠江之人！

船　夫　正是。

苑　秋　（疑惑地）伯唅，这坠江人，生来乜些样？

船　夫　块形乜些样？（回忆地）已是三年前的事了！
　　　　（唱）爬山过岭一大汉，
　　　　　　　寻觅汇路潮汕帮。
　　　　　　　遇贼被害沉江底，
　　　　　　　是我捞起住船舱。

黄德煌　（激动旁白）莫非他，正是三年前，我初探南关之时……

船　夫　半月后，来了钦州小客商，王二哥，仗义陪他回金边。

苑　秋　（悟、喜）德煌哥，阿伯他……

黄德煌　（惊喜）哎呀！他，他，他！他正是三年前，我在沉江遇害，
　　　　把我捞起的船夫！（动情地）阿伯，我就是你捞起的坠江人！

船　夫　（忙辨认）你……（惊喜）不错，你，你，你，正是我捞上
　　　　船来的坠江之人！

黄德煌　阿伯，我的救命恩人！（跪下，船夫扶起相拥）

黄继秋　为探汇路，德煌兄舍生忘死，实是难能可贵。

众　人　（同时）是啊，德煌兄为探汇路，舍生忘死，实是难能可贵！

黄德煌　阿伯，你何时从沅江来到北仑河撑渡？

船　夫　不提也罢，一提往事，我……（拭泪）

　　　　（念）卢沟桥事变后，

　　　　　　　日军侵占庵埠和汕头。

　　　　　　　到处烧杀抢掠乱糟糟。

　　　　　　　挨饥受冻日死近百人，

　　　　　　　存心善堂收尸在街头。

　　　　（转唱）沿海七省被封死，

　　　　　　　北仑河成了唯一吞吐口。

　　　　　　　因此，上来到北仑河码头。

黄德煌　（旁白）东兴是侨乡，古往今来，商贸集散之地，阿伯在此
　　　　撑渡多年，定然知道东兴情况。（对伯）伯唅，北仑河两岸
　　　　景况如何？

船　夫　（念）北仑河畔是东兴，

　　　　　　　芒街东兴如乡邻。

　　　　　　　银行钱庄找换店，

　　　　　　　找换货币忙不停。

　　　　　　　哎呀，说东兴，东兴到，众人请上码头！

众　人　（同时）好，来上船，多谢阿伯了！

　　　　［收光。

　　　　［光启，东兴镇华灯初上。

　　　　［舞台天幕，右侧侨乡东兴镇北仑河码头；左侧，中山路沿
　　　　　街邮政储金汇业局、合兴侨批局、东兴税捐处、泰国进步
　　　　　银信局、华侨联合银行。沿街茶楼、酒馆招牌、牌幡随处
　　　　　可见；远处北仑河北岸芒街，日本宪兵站、法越租界旗徽
　　　　　依稀可辨。

　　　　［后台歌：

　　　　　　　啊……

　　　　　　　国统区，东兴是侨乡，

　　　　　　　芒街镇，十里尽洋场。

　　　　　　　一河之隔两重天，

　　　　　　　待何日，驱魔扫障现骄阳……

　　　　［苑秋、德煌、邹惠长、黄继秋、徐祥五人兴致勃勃上，倾
　　　　　情浏览街景。

苑　秋　（唱）东兴边境一小镇，

黄德煌　（唱）小镇虽小百业兴。

苑　秋　（唱）码头船只如穿梭，

黄德煌　（唱）河上灯火如游龙。

邹惠长　（唱）批局银行牌幡动，

黄继秋　（唱）茶楼酒馆火通明。

苑　秋　（唱）人称战时"小香港"，

黄德煌　（唱）辟成汇路事可成。

邹惠长　（唱）开辟汇路有希望，

黄继秋　（唱）还须仔细再探明。

　　　　（寄白）问一声，德煌啊！

　　　　（接唱）请问收汇谁家币？

黄德煌　（唱）芒街收汇西贡纸，

　　　　　　　兑换国币到东兴。

黄继秋　（唱）"西纸""国币"不一样，

　　　　　　　结转价格岂持平？

黄德煌　（唱）东兴通行西贡纸，

　　　　　　　结转价格能持平。

黄继秋　东兴真的通行西贡纸吗？

苑　秋　是啊，我在芒街做收找的，往来东兴，东兴市面，"西纸""国币"同样可以通行，德煌兄与我，在东兴邮局寄批，银行汇款，顺利到达。

邹惠长　噢，"西纸""国币"市面一样可以通行。恁俩人，也已践行无误！只是……

黄德煌　只是什么？邹兄，有话请讲！

邹惠长　我邹惠长，心直口快，说出来你勿怪，结转环节多，未知如何来张罗？

黄继秋　是啊，倘若汇路可通，东南亚各国、侨汇物资纷至沓来，运营方式如何安排？

黄德煌　（胸有成竹）这么……

　　　　（采白）江万隆合兴结联盟，

　　　　　　　　越南泰国扭成一股绳。

　　　　　　　　玉合佳兴共解汇，

　　　　　　　　设点转汇在东兴。

邹惠长　（喜）东兴设点转汇，这个点，选得好，选得妙啊！

黄继秋　侨批、侨汇、收转、转发、派送，营运环节多，岂可小观？

黄德煌　不错，侨批、汇款，送达收批人之手，实非容易，继秋
　　　　兄啊！

　　　　（唱）侨批、侨汇百余年，

　　　　　　　诚信经受历史考验。

　　　　　　　东兴滇南边贸侨乡，

　　　　　　　交通枢纽中转据点，

　　　　　　　东兴芒街合运营。

　　　　　　　买办押客当红娘，

　　　　　　　两地易货商驳款，

　　　　　　　传统模式永发扬。

黄继秋　依德煌兄之见，两地易货，借助商驳款？

黄德煌　不错，这是传统营运模式。

苑　秋　东兴籍越侨，早在东兴镇挂牌解汇，创办侨批局合兴号，与
　　　　越南芒街和泰国侨批局连成一线。

黄德煌　合兴号，专门派解从越南、泰国，寄滇、越、桂各地侨批
　　　　局。侨批侨汇寄送，不是银行、邮局，而是采用驳款方式。

邹惠长　这驳款，是何用意？

黄德煌　内地商号，给批局开出购货单，国外批局代垫款，把物资购
　　　　后寄回内地。

苑　秋　货到之日，订货商把货款直接交给内地批局，抵还国外批局
　　　　代购物资的垫付款。

黄德煌　内地批局，将订货商付还的钱，作为侨批款，付还归侨侨眷
　　　　的番批钱。

黄继秋　（喜）哦，收汇、中转，全程联网，减少运营中间环节。妙
　　　　策，真是妙策呀！（沉思）只是……

黄德煌　还有什么疑惑，请说！

黄继秋　（唱）合兴号，驳款营运免猜疑，

　　　　　　　难的是"二战"烽火全线燃起。

　　　　　　　法租界日军越督严监视，

　　　　　　　国统区鱼龙混杂非儿戏。

　　　　　　　侨汇款、侨批物资数目大，

　　　　　　　遥千里，如何押送汕头市。

徐　祥　继秋兄说得甚是，德煌呀！
　　　　（唱）慈善会祈求吉祥，
　　　　　　　救苦救难乐善捐。
　　　　　　　抗战救灾物资多，
　　　　　　　一路安全要保障。

黄德煌　二位，言之有理，千里遥途，安全保障，头等大事，岂可小视！

苑　秋　德煌兄肩负重任，废寝忘食亲探视。

众　人　好呀！营运路线已成议了。谋定而动，蓄势待良机！

　　　　[台内响起一阵枪声，紧接着有人喊：有人偷渡过境呀！少顷，高志鹏领着庄老板、金经理，余惊未息匆忙上。

黄德煌　（发现惊喜）噢，志鹏来了！

高志鹏　德煌兄，我和老板、经理们，偷渡过境来了。

苑　秋　志鹏，子弹不长眼睛，难道你不畏死么？

高志鹏　偷渡过境，省时、省事，枪支子弹，我们听多见惯了，有也了不起。

黄德煌　（郑重地）志鹏，你给诸位会长、老板，介绍走汇路线吧！

高志鹏　好，我说，我讲！
　　　　（敲板）我给诸位说细详：
　　　　　　　东兴汇路始发点，
　　　　　　　秘密通道有两条，
　　　　　　　一从钦州奔清远，
　　　　　　　转入汕头和揭阳；
　　　　　　　二由钦州进兴宁，
　　　　　　　直达汕头大侨乡。
　　　　（转唱）德煌兄，坚忍不拔迎难进，
　　　　　　　探汇路，盘山过岭历险境，
　　　　　　　到如今，秘密通道成在胸。

徐　祥　（回忆，惋惜地）不错，这押运路线，我也曾试过，只是半途而废。

黄继秋　（沉思，异议）如今太平洋战争爆发，日军垂死挣扎，对我批局银信，严加监管，新汇路秘密通道，虽已成议，唯恐运送侨批侨汇，安全难以保障。

苑　秋　德煌兄，你不是还有后续保障良策吗？

黄德煌　"良策"二字不敢当，我和各线批局、侨业同仁志士，已商
　　　　定保安护汇押送措施。

　　　　（慷慨激昂）列位经理啊！

　　　　（唱）军国主义垂死挣扎甚嚣尘上，
　　　　　　　抗日志士民族气节大义凛然。
　　　　　　　潮帮侨批公会主席赵自然，
　　　　　　　组成大型武装押送队伍，
　　　　　　　押送侨批侨汇浩荡回侨乡。

黄继秋　哦，武装押运！好，安全有保障，这办法好呀！

　　　　（唱）一席话，释我心中疑，
　　　　　　　我这里，向你道歉赔不是，
　　　　　　　德煌兄，开拓汇路立大功，
　　　　　　　侨批史，同业永记你名字。

黄德煌　（谦意）岂敢，岂敢！继秋兄言重了！幸蒙侨业同仁，同心
　　　　协力，相互支持，今日会师东兴，将芒街定为据点，新汇路
　　　　开通，定然指日可期。

众　人　是呀，选定芒街作据点，新汇路开通，指日可期了！

　　　　［幕后伴唱：

　　　　　侨业同仁共商妥，
　　　　　汇路拓通谱新歌。
　　　　　这汇路，是闽粤侨乡的希望。
　　　　　这汇路，是侨眷生命的寄托。

　　　　［歌声中，众造型。
　　　　［光渐收。
　　　　［幕在歌声中徐下。

第五场　批馆惊变

　　　　［一九四三年春，晨曦初露。
　　　　［二幕前。日本驻越宪兵司令部谷太郎，领着一队荷枪实弹

　　　　　　的日军威风过场。

谷太郎　（上唱）豫、湘、桂战役，旗开得胜，势如破竹。

　　　　　　　　打通平汉、粤汉铁路，如虎添双翼。

　　　　　　　　纵贯中国，印支交通线，大动脉已形成。

众宪兵　嗯！战线"照"长，后方"照"远，"无向易"！

谷太郎　你们说的，统统有理！

　　　　（唱）故因此，切断潮人侨汇，势在必行，

　　　　　　　码头车站，宪兵部，出台禁令新规章。

　　　　　　　防患未然，下令封锁滇越边疆。

　　　　　　　众位武士听着：宪兵部严令，严防聚众密谋，破坏珍
　　　　　　　珠港前线战局，潮人侨批派送员，若无担保结状，视
　　　　　　　同嫌犯，定要严查究办。谁敢抗拒，决不饶恕！

众宪兵　嘿，遵命！

谷太郎　哈，哈，哈！（举刀高喊）帝国的精英们，与我严加巡查！

众宪兵　遵命！

　　　　〔众威风下场。

　　　　〔王二哥身藏标语，心事重重，鬼鬼祟祟上。

王二哥　（上念）望着日本兵，我胆战又心惊。

　　　　　　　　想起苑秋爱别人，心如刀绞中了邪。

　　　　　　　　德煌呀德煌，你手中侨汇钱不借，

　　　　　　　　我定欲，借刀杀人，叫你有脚难行。

　　　　（出示标语）（白）待我将这标语贴出，引来日本鬼子查抄，
　　　　一见输赢，哼哼！（心慌四顾藏榕树后）

　　　　〔切光。

　　　　〔二幕启。舞台一侧门前挂上芒街佳兴批馆招牌，批馆右侧
　　　　　有棵高大榕树。王二哥隐身树后。近处日本宪兵部、越军
　　　　　警检查站旗徽飘扬；远处国统区东兴依稀可辨。

　　　　〔晨曦。佳兴批馆从窗户射出一缕亮光。

　　　　〔台内歌：

　　　　　　　　　　（女声独唱）

　　　　　　　　　东兴会师定汇路，

　　　　　　　　　芒街洽汇趋若鹜。

　　　　　　　　　收汇揽汇济侨眷，

　　　　　　　　　同仁矢志解缓舒……

［批脚甲、乙，为报凶讯一前一后心急如焚上。

批脚甲　（上念）宪兵部，门前贴出新规章，
　　　　　　　　派送员，担保结状查得严。

批脚乙　（上念）怕的是，潮侨头人汇芒街，
　　　　　　　　查担保，新设据点受牵连。

批脚甲　（焦急地）老弟哙，你个"脚缠绊死鸡，做呢行唔进前"。

批脚乙　（气喘吁吁）知哙，知哙！人命关天紧如弦，岂可儿戏，我
　　　　拼到汗流汁滴，你未是看唔见。

甲、乙　（同时）阮俩人，快将凶讯报知详，
　　　　　　　　德煌兄，成竹在胸有主张。

　　　［批脚甲乙匆忙进批馆。

　　　［台内哨子、警笛声，机枪声阵阵，时隐时现，由远渐近。
　　　　十里洋场的法越租界芒街，笼罩在一片白色恐怖之中。

　　　［黄德煌偕苑秋心事重重上。

苑　秋　（上唱）批脚焦急报凶讯，

黄德煌　（上唱）枪声时隐又时现。

苑　秋　（唱）十里洋场芒街地，

黄德煌　（唱）耳边犹闻警笛声。

苑　秋　日军搜查森严，如何是好？

黄德煌　潮侨聚会已定，临时通传，已来不及，如何是好？（沉思）
　　　　哦，是了！普洱茶发酵酸味浓，巧借酸味做文章。

苑　秋　如何做得？

黄德煌　（对苑耳语）到时，你可……

苑　秋　（悟）哦，好呀！

黄德煌　苑秋，你可入内从速安排。

苑　秋　我知。（下）

　　　［堤岸银信局邹惠长，河内侨批个体户许从敏，从台两侧上
　　　　相遇。

邹惠长　（对许）哦，许老板，你照早，从哪里来？

许从敏　我一早从堤岸搭车，来觅佳兴洽汇定点。经理您……

邹惠长　哈，哈！你我所见略同。有钱寄唔出，如今听说有条汇路，
　　　　真是机会难觅。（神秘地）听说日本偷袭珍珠港失势，日军
　　　　驻越司令部，出台侨批、侨汇新制，防范日甚，阮须小心
　　　　防备。

许从敏　不错，我也有耳闻，近日又贴出告示，下令越督封关，阮须小心行事才是。

黄德煌　（见许、邹热情地）哦，二位经理到来，欢迎，欢迎，请进馆内喝茶！

　　　　〔邹、许四顾，神秘进入馆内。苑秋挑着一筐普洱茶、桐油、茶籽山货从馆内出。

苑　秋　德煌兄，山货、茶叶已备好了！

黄德煌　好，阮就在这里择茶，借助山货做掩护。

　　　　〔苑秋、德煌坐在批馆门前，包装桐油、菜籽，择茶。

　　　　〔谷太郎与刁腾蛟从台两侧上。

谷太郎　（上念）皇军下令封关，
　　　　　　　严禁暗汇批款。

刁腾蛟　（上念）率警小心来应付，
　　　　　　　批馆门前团团转。

谷太郎　（发现刁）哦，刁越督，你，你来得早呀！

刁腾蛟　宪兵部训令，严防侨汇外流，欲阮严加管控，佳兴批馆在芒街设点，暗中收揽侨汇，故而一早到来密探。

谷太郎　哦，哈，哈，哈！刁越督，真是尽忠职守呀！

刁腾蛟　（回击）谷队长，尊驾一早到来，不是也……

谷太郎　（悟）哦……（羞）哎哟……你我，你我都是效忠上司，职责所在！

刁、谷　（同时）哈，哈，哈！

　　　　〔谷太郎发现德煌、苑秋，示意刁腾蛟上前盘问。

刁腾蛟　恁照早，在做乜事？

黄德煌　择茶，买卖山货。

刁腾蛟　择茶，买卖山货？（审视）奇怪，火烧猪头，熟面、熟面。

刁、谷　（同时旁唱）他（她）两人，好似哪里曾见面。

煌、苑　（同时旁唱）阮这里，小心提防露真情。

刁腾蛟　（忆起白）噢……（对谷）队长，这二人，阮在岳山码头查证时见过！

谷太郎　（悟白）不错，就在岳山码头。（警觉）为何批馆改做山货？
　　　　（对煌试探）（唱）开批馆收侨汇利润高。

刁腾蛟　（对苑拮底）（唱）批馆改行做山货，利薄无奔头。

黄德煌　（唱）侨汇虽可做，汇源难找到。

苑　秋　（唱）批馆改行做山货，利薄生意好。

煌、苑　（合唱）商人经商为赢利，
　　　　　　　　　　　利薄客多利自高。

刁腾蛟　（对谷旁白）谷队长，批馆向来，也常兼做山货茶叶买卖。
　　　　　再说，两人所说，均属实情。

谷太郎　这么……
　　　　　（旁唱）心太急，心急难吃热豆腐，
　　　　　　　　　　我这里，欲擒故纵静守候。

黄德煌　（旁唱）谷太郎诡计多端旁敲侧击，
　　　　　　　　　　须防他，玩弄阴阳耍两套。

苑　秋　（旁唱）谷太郎，妄我批馆心不死，
　　　　　　　　　　借茶酸，将他俩人来赶走。

　　　　〔入馆内搬出一筐有浓厚酸味的普洱茶，故意靠近刁腾蛟
　　　　　身边。

　　　　〔刁腾蛟走近批馆，探头窥视。

刁腾蛟　（闻酸味难受）哎哟，这，这，这是什么味道？

苑　秋　这是茶多酚发酵时，发出的酸涩味。

谷太郎　（捂鼻）酸味难受，酸味难受呀！

黄德煌　（见谷窘相）（旁唱）茶多酚，酸味道已奏效，
　　　　　　　　　　　　　我这里，虚抛钓饵巧掩护，
　　　　　　　　　　　　　看起来，量他不敢来上钩。
　　　　　（出奇制胜）二位长官，公务在身，如不放心，请进馆内查
　　　　　　　　　　　　验吧！

刁腾蛟　（对谷旁白）普洱茶发酵，酸涩味令人难受，她言之甚是。

谷太郎　也罢，免了！

黄德煌　如此，请便。

苑　秋　恭送！

谷太郎　（对刁暗示旁白）伊有上天梯，阮有落地索……暂时离开。

刁腾蛟　（领悟旁白）哦……你的意思是（露喜色）欲擒故纵！

刁、谷　（相视笑）哦，哈，哈，哈！（心怀鬼胎下）

苑　秋　多亏德煌兄，足智多谋！
　　　　　（念）设下虚局巧周旋，
　　　　　　　　黄兄妙策驱恶魔。

黄德煌　（念）日军亡我心不死，

心怀叵测诡计多。

苑　秋　德煌兄，依你之计，洽汇同仁，已从后门，暗中进入，现在馆中久待，进去吧！

黄德煌　好，一同进去！

　　　　[王二哥从榕树后闪出。

王二哥　（恶狠狠地）来批馆，经理老板从后门进入，被我看见，此时下手，正是时机。待我来！（从身上掏出标语，张贴在批馆门口，自语念）欢迎各地批局，前来洽汇设点。哼哼！战事紧，日军搜查严，此时标语贴出，日军发现，叫你有口难辩！（慌忙躲闪）

　　　　[谷太郎、刁腾蛟各自领着巡逻队上场，发现标语，又见王二哥闪身想逃，宪兵当即围捕，将王缚在榕树。

谷太郎　（怒）批馆聚会密谋，真是猖狂至极，（怒极呼唤）架起机枪，与我搜了！

　　　　[宪兵中有人立即架起机枪严阵以待。

众宪兵　是！（冲入批馆搜查）

　　　　[台内：搜呀！喊声此起彼伏。站住！继而响起枪声。

王二哥　（惊慌旁白）唉！走唔咧，想害别人害唔着，害着自己！这回唔知，是生还是死！

谷太郎　（刀指王）你，是哪里的，叫什么名字？

王二哥　我，钦州人，叫王二哥。

谷太郎　这标语是谁贴的？

王二哥　这……我……

谷太郎　（近前）说还是不说？（举刀威迫）实说免你一死，不说送你上西天！

王二哥　（颤抖）我，我，我说。标，标语是我，贴，贴的。

　　　　[突然又一阵枪声，枪声中内喊：有人跑了！此时，许从敏冲出批馆门口，被子弹击中，鲜血直流。两宪兵将其抓住绑了。

众宪兵　（众兵复上，将众人带出批馆。）队长，人带到！

谷太郎　（对被捕众人）谁是领头？这么多人，聚在一起，想干什么？

众　人　（默不作声）

谷太郎　（刀指许从敏）恁，不讲实话，叫你们统统地死！

许从敏　阮，阮到批馆，找黄老板，做山货买卖。

王二哥　（斜眼见德煌不在场，心泯恶念）太君，太君，佳兴批馆老板，他，他，他躲在馆内。

谷太郎 （凶狠地）他是谁？叫什么名字？

王二哥 他是佳兴批馆老板，名叫黄德煌。

谷太郎 （对宪兵）你们，马上进去，给我搜、搜、搜！

宪　兵 （入内复出）报告，队长！黄德煌已从后门逃走了！

谷太郎 该死的黄德煌，（怒极）以宪兵部名义，通令追捕！

宪　兵 遵命。

谷太郎 （对刁）刁督，你把这些人，（指被捕者）拉到后面去，给我
吊起来灌水、踩肚再灌鱼露！（凶狠）统统严查审讯。抗拒
的，统统给我枪毙！

刁腾蛟 是！（众越兵在刁带领下将被捕者推拉着下）

　　　　［少顷，台内传来日军的威吓声和皮鞭抽打声，受刑者的尖
　　　　　锐叫喊声。

谷太郎 （走近王二哥，指着台内喊声）听见了吗？伊人正在鞭打受
刑！我问你，批馆老板，跑到哪里了？（将刀挂在王脖子上）
你的，说不说？

王二哥 （被吓面如土色）太，太，太君饶命！我，我真的不知道！

　　　　（惊慌）（唱）求求求，求太君请谅情，
　　　　　　　　　　　　刀下留小人一条小小生命。

　　　　（忏悔）悔不该，害人不成害自身，
　　　　　　　　　　只因为，迷恋财色入绝境。

　　　　（后悔自语）（白）无想到，害人害己，"积恶垫曝圈"！（对
　　　　　　　　　　谷）太君，我，我真不知道，求太君饶我一命，
　　　　　　　　　　免小人一死！

谷太郎 （念）废物一个有何用，
　　　　　　　　送你西天念佛经。

　　　　（凶狠举刀）见阎王去吧！（将刀刺入王腹部，鲜血直流）

王二哥 （痛苦惨叫）啊……

　　　　［光渐收。

　　　　［幕后歌：

　　　　　　　　　新希望，受重挫，
　　　　　　　　　善恶到头终有报。
　　　　　　　　　野火烧呀烧不尽，
　　　　　　　　　同仁矢志斗恶魔。

第六场　殚精护批

[一九四三年初春，深夜。

[侨批秘密通道路上。

[护批队由东兴出发，经钦州灵山，入粤后又经云雾山、天露山、瑶山、大庾岭、九连山、罗浮山、莲花山、云开大山，奔腾起伏，连绵不断，陡峭壁立。这是东兴汇路必经之道。

[幕启时，深夜漆黑，漫天乌云翻卷，峰回路转，时而传来阵阵狼吼虎啸的凄厉之声。

[台内歌：

　　　　林海茫茫，乌云压顶。

　　　　狼吼虎啸，闷雷阵阵。

　　　　峰高千尺，谷深万丈，

　　　　峭石壁立，艰险重重。

[歌声中赵自然领着武装队，持刀、带枪、车载、肩挑，在奔腾起伏的山道上艰难前进。

赵自然　　（上唱）秘密通道已建成，

　　　　　　　　　东兴芒街结联盟。

　　　　　　　　　护批队精神抖擞，

　　　　　　　　　持刀挂枪上征程。

　　　　（白）人间正道是沧桑，苑秋姐带德煌兄，从批馆后门逃离后，又领着侨批同仁们，东山再起，组成护批队整装来到灵山地。德煌兄甘担重任，勇当开路先锋…

[高志鹏：（内声）队长、队长……（匆忙上）

赵自然　　志鹏，何事匆忙？

高志鹏　　赵队长，护批先头部队，已到灵山地界，德煌兄、苑秋姐，势单力薄……

赵自然　　（沉思）是啊，灵山地势险恶，强盗土匪，日夜出没。（对高）志鹏，你告知批脚老大，前去增援。

高志鹏　　好，我就去！（下）

赵自然　　（唱）登山道，闯敌哨，

送批护汇凭枪刀。

殚精竭虑洒热血，

饥寒交迫任煎熬。

众队员　（合唱）队员们急如星火，

一心只盼到汕头。

　　　　　[武装队挑担的队员甲突然昏倒。

队员乙　队长，有人昏倒。

赵自然　（扶起）山牛，你，你，你怎么啦?!

山　牛　（慢慢苏醒）我，我肚饿头眩。

赵自然　（忙搜袋）噢，干粮已完，（急喊）快，快到车上，把那袋干

粮拿下来。

队员甲　队长，车上干粮，早间被猴子给抢走了!

队员乙　队长，我这里还存一点点。（送赵）你拿去吧!

队员丙　（拿来一杯清泉）队长，这杯水给山牛喝吧!

　　　　　[赵自然喂着山牛。山牛慢慢好转，挣扎着站起来。

赵自然　（高兴地）山牛，好些了吧!

山　牛　（感动地）多谢队长，谢谢诸位同仁关心。

　　　　　[天色微明，山风呼啸，天边雷鸣电闪。

赵自然　弟兄们，山雨欲来，趁着天亮，大家赶路吧!

众队员　好，天亮了，赶路要紧。

　　　　　[众人在雷鸣电闪、滂沱大雨中，艰难前进。

　　　　　[台内歌:

雷鸣电闪照征人，

山雨如注路艰辛。

共效苍松傲霜雪，

护批队员称豪英。

　　　　　[吉布、齐平、阿义，手执大刀、长矛，一身匪气上。

吉　布　（上念）灵山地界钦州湾，

劫富济贫我称王。

齐　平　（上念）我与大哥义兄弟，

绿林好汉归阮管。

阿　义　（上念）兵、匪、盗三路合一，

谁敢抵抗一命亡。

吉　布　（听着刺耳不满）阿义你这臭兵痞，咀话如放屁。好汉不做

亏心事，劫富济贫是宗旨。

齐　平　（护，和着）阿义你，全个唔知死，这里无有你位置。

阿　义　（自知失言）是，是，是！多谢大哥来提携，阿义方能活命
　　　　过日子。

齐　平　照生咁，还差唔多。（远望突然发现）大哥，山中有人！

吉　布　阿义，你去暗处埋伏，准备拉网，若是富人进埋伏圈，听我
　　　　口令，叫掠就掠，叫杀就杀。

阿　义　大哥吩咐，阿义遵命。

吉　布　齐平，阮上山顶，察看实情。

齐　平　好，走！

　　　　〔吉布、齐平、阿义三人上山，藏隐蔽处窥视。

　　　　〔德煌偕苑秋，手执两伞，腰挂匕首、手枪，风尘仆仆上。

黄德煌　（上唱）峰回路转走山涧，

苑　秋　（上唱）狼吼虎啸心胆寒。

煌、苑　（合唱）殚精护批责任重，
　　　　　　　　　难关面前不怕难。

　　　　〔批脚甲、乙俩气喘吁吁上。

批脚甲　德煌兄，赵队长说：前面深山老林，强盗土匪常在这一带出
　　　　没，须欲小心。

批脚乙　苑秋姐，队长欲阮助恁这开路先锋！

黄德煌　（亮枪）我身上有枪，后面侨批、侨汇、物资重要，恁跟赵
　　　　队长护批去吧！

苑　秋　（亮匕首）我这里，不是有匕首吗？怕什么？我跟德煌兄，
　　　　能顶住，你们回去吧！

甲、乙　（为难地）是……知道了。（依依不舍下）

苑　秋　德煌兄，来走！

黄德煌　好，走吧！

黄德煌　（唱）夜深漆黑步履难，
　　　　　　　一山过了又一山。

苑　秋　（唱）途深饥渴难忍耐，
　　　　　　　头昏目暗口也干。（左右晃荡）

黄德煌　（忙扶住）苑秋，苑秋，你，你……

苑　秋　（支持不住）我，我，我，此时精疲力竭，饥渴难忍。

黄德煌　我扶你，到山下，寻点山泉喝吧！

苑　秋　也好，只是这里地势险要，不宜久留。

黄德煌　我也知道，看你如此模样，实属无奈，走吧！（下）

　　　　　［吉布、齐平、阿义从山上得意忘形复上。

齐　平　埋伏设点，大哥高见。

吉　布　高见！

吉、齐　（同时）高见！

吉、齐、义　（同时）哈，哈，哈！

吉　布　（发现）哦，前面有人，两个家伙，一男一女，已入我埋伏。
　　　　　（对义）阿义，你去树上放网，将两人套住，掠了再说。

阿　义　遵命。（下）

　　　　　［少顷，台内响起高空放网的音响，继而传来德煌呼唤声：
　　　　　　"哎哟，不好了！苑秋，阮误入埋伏区，中计了！"

吉　布　齐平，你过去，相辅阿义，把两个家伙拉出来，刀枪收起，
　　　　　人绑了！

齐　平　是！（下）

　　　　　［齐平入内复出，帮阿义将上绑的德、苑拉出来，将两人的
　　　　　　刀、枪缴了。

吉　布　阿义，人和枪刀，由你看守。（对齐）齐平，早间还有两个
　　　　　男的，阮猛猛追上去，看个明白，防止后援，回头再作
　　　　　打算。

齐　平　大哥高见。

吉　布　走！（两人匆下）

苑　秋　（焦躁不安）黄兄，如今阮身陷贼窝，如何是好？

　　　　　［黄德煌紧张地思索。

黄德煌　（唱）遇突袭，受追捕，

　　　　　　　　几回险遭难，多次跌深沟，

　　　　　　　　分不清是汗还是血，

　　　　　　　　困倦饥饿任煎熬。

　　　　　　　　前面斗恶狼，今又陷虎穴，

　　　　　　　　激起我，心潮浪涛涛。

　　　　　　　　护批队，吉凶难料，诸多牵挂，

　　　　　　　　须设法，盗贼身上来解套。

苑　秋　（迫不及待）黄兄，事不宜迟，快设法呀！

黄德煌　情况不明，实难决断。（示意苑与匪交谈）

苑　秋　（领悟对义）这位大哥，汝等绑阮何来？

阿　义　你们身带枪刀，究竟干什么，先咀清楚。

黄德煌　（抢答）侨批汇路中断，众多侨眷，卖儿弃女，更有活活饿死，被迫改嫁，我们送批护汇回乡，为着侨眷，解危济困，让亲人音讯相通。

阿　义　（旁白）呵，原来是为侨眷解危济困的好人！（对煌）也罢，我阿义，奔向异国他乡，差点死在战场。伊人是匪，我是兵……（自感失言，忙收口）

黄德煌　（惊奇）兵？!（疑惑）为何与匪勾结，进入贼窝？（急探）大哥乃是堂堂军人，为何甘当贼匪？!

阿　义　（为难地）这……（受触动）是啊！我，我，我是堂堂正正的西征士兵！

黄德煌　（急追）西征战士入缅抗日，为何在这里？

阿　义　（激动地）哎，一言难尽！

　　　　（唱）缅甸仰光，兵家必争之地，
　　　　　　　保咽喉，方能阻敌进滇西。
　　　　　　　英军谋私，对西征军入缅，诸多牵制。
　　　　　　　罗卓英，腊戍危亡见死不救，
　　　　　　　丧师辱国，延误战机，一败涂地。
　　　　　　　野人山，血流成河染惨剧，
　　　　　　　西征人，数万战士阵亡在异地。（声泪俱下）
　　　　　　　危难救我的排长，临终时，托我为他带回家书。我从死人堆里，苟活偷生，逃回来的。

黄德煌　大哥，我与她，同是侨批世家。未知排长，托你带回的家书，岂可念来一听，也许阮能代你寻到亲人。

阿　义　（犹豫旁白）如今兵荒马乱，机会难觅，他俩侨批行家，也许能代我，找到排长的家人，以慰九泉下的亡灵。（决心）也罢，（掏出书信）你听：
　　　　（念）数载握枪愁难开，
　　　　　　　雁阵鸳翼各东西。
　　　　　　　谁邻海外漂异客，
　　　　　　　未知何时解愁眉。
　　　　　　　愚兄苑桐。

苑　秋　（疑思）苑桐……（惊呼）苑桐！

（唱）苑桐，这熟悉的名字，
好似，好似我的亲弟弟。
莫非他，失散多年西征去。
野人山战场，活活被炸死。

阿　义　（惊疑）真有此事?!

苑　秋　大哥若是不信，听我说出苑桐家乡住地，自然明白。

黄德煌　是啊，信在你手，是非自然分明。

阿　义　（思索地）不错，说来也有道理，这位大姐，你说，你讲。

苑　秋　闽南汾水关，梨福巷，十三号。

阿　义　（喜出望外）哎哟，不错，不错，一点不错。想唔到"踏破铁鞋无觅处，得来全不费功夫"。咀将起来，阮是家乡人，苦藤连着苦瓜，穷苦人心连心。何况你弟，救我一命。也罢，我阿义，只有军人气，没有盗匪味，恩怨分明，有恩不报非君子。来，我愿与恁一起，将侨批、侨汇护送汕头市。

煌、苑　（喜出望外）多谢阿义大哥了。
　　　〔阿义为煌、苑松绑，发还刀枪。
　　　〔吉布、齐平复上。

吉　布　（见状愤怒）阿义你……

阿　义　我欲改邪归正，弃暗投明!

吉　布　无耻之徒!（举刀）看杀!

黄德煌　绑贼住手!（开枪击中吉布手臂）
　　　〔台内传来护批队人声、车马嘶鸣声。

齐　平　不好，后面来人!（提刀欲砍黄德煌）看杀!

苑　秋　（抽刀招架，怒呼）住手!
　　　〔吉布、齐平与苑秋，一场厮杀后，负伤的吉布，自感抵挡不住。

苑　秋　（刀压二匪，吉、齐自感难敌）听见了吗? 我们的护批队来了，恁二人，想死还是想活?!

吉　布　（见实力悬殊无可奈何）大姐，阮若知道是护批队的人，也不敢骚扰，如今已错在先，请大姐原谅，求大姐留下小人一命!

苑　秋　既是认输，定欲改邪归正，回去吧!

齐　平　是，是，是!
　　　〔吉布、齐平灰溜溜地收场逃跑了。

阿　义　苑姐，（哽咽地）排长……排长这封信，就还……你了！
　　　　　（递信）

苑　秋　（接信拆念）三更辗转不成眠，
　　　　　　　　　　倚窗痴眺自沉吟。
　　　　　　　　　　凄风苦雨添憔悴，
　　　　　　　　　　万缕衷情有谁怜。
　　　　　　　　　　万缕衷情有谁怜，哎咋，苑桐，我的弟弟！（几
　　　　　　　　　　近昏倒）

　　　　　〔德煌、阿义忙扶住苑秋。
　　　　　〔高志鹏匆上。

高志鹏　黄经理、苑秋姐，赵队长放心不下，要我前来相助！
黄德煌　志鹏，你与阿义大哥，护批去吧！
苑　秋　（擦干眼泪）志鹏，听黄经理的话，护批要紧。
鹏、义　（放心不下）黄经理、苑秋姐，恁……
德、苑　去吧，去吧！

　　　　　〔幕在依依惜别中徐下。

第七场　禅寺哭灵

　　　　　〔一九四三年秋。
　　　　　〔鲶浦乡，通往龙泉古寺路上。
　　　　　〔二幕前。德煌肩挂行包，偕苑秋意气风发上。

黄德煌　幸得苑妹当机立断，带我从后门出走，才能逃脱日本宪兵队
　　　　　搜捕，多谢苑妹了！
苑　秋　哪里，哪里，危难相帮，应该，应该的！黄兄呀！
　　　　　（唱）可恨日军太凶残，
黄德煌　（唱）同仁遭害情何堪。
苑　秋　（唱）才离虎口脱牢笼，
黄德煌　（唱）谁料又陷虎穴中。
煌、苑　（合唱）幸得阿义相救助，

化险为夷危转安。

苑　秋　如今，东兴汇路已开通，曼谷各地银信局，纷纷收批揽汇。
　　　　越南、老挝、柬埔寨全面开花。遥途如此险阻，如何是好？

黄德煌　苑妹呀！

　　　　（唱）汇路已通心不惊，
　　　　　　　护批队日夜兼程，
　　　　　　　开弓绝无回头箭，
　　　　　　　快马加鞭奔鮀城。

　　　　（白）苑秋，阮这先头部队，立即到揭阳找魏其丰，到汕头
　　　　　　　觅玉合批局林音癸，联系收汇去吧！

苑　秋　好，来走。

　　　　〔黄德煌、苑秋俩同下。

　　　　〔龙泉古寺，天然叠石而成。垒石之隔如墙，可见祭台。寺
　　　　　内外曲径通幽。

　　　　〔二幕启。古寺祭台前，置黄德煌之母翁氏妈、亡夫黄德煌
　　　　　灵位。灵牌前烛台、炉具等物一应俱全。

　　　　〔林秋萍身穿孝服，手执素香、果品，偕志坤、小继宗上。

林秋萍　（上唱）祭奠亡灵心凄悲，
　　　　　　　　未进禅寺泪先垂。
　　　　　　　　龙泉寺里把香烧，
　　　　　　　　来日祭我知是谁。

　　　　（白）苦，苦呀……（三人同进禅寺）

　　　　〔黄德煌偕苑秋风尘仆仆复上。

黄德煌　苑妹，到此便是我的家乡鮀浦，前面便是灵泉古寺。此寺历
　　　　史悠久，钟灵毓秀，阮何不进去，求一祥签，佑阮此番侨
　　　　批、侨汇，沿途一路平安吉祥！

苑　秋　甚好，寺院佛前，一同求签。

　　　　〔黄德煌、苑秋进寺，忽见有人正在哭灵，闪身石壁可窥
　　　　　寺内。

　　　　〔由此时始，将舞台设为 A、B 区（即潮剧双棚窗）。

　　　　〔志坤把香烛点燃递给林秋萍。

林秋萍　（接香，对志坤）志坤，你与继宗寺后歇息去吧！

志　坤　也好，我带继宗歇息去。（下）

黄德煌　（发现，一怔对苑秋）她，她是我的爱妻秋萍，待我前去相

认！（欲冲出认妻）

苑　秋　且慢！（拦德煌，指着志坤）他，他是我的表兄志坤，他们
　　　　两人，来做什么？等待弄个明白，再认不迟！

黄德煌　说得有理，也罢！

林秋萍　（佛前跪地哭拜）婆婆呀！
　　　　（唱）一炷香，香烟缭绕呈氤氲，
　　　　　　　哭婆母，贫病交加丧了命。

黄德煌　哎呀！母亲，我母亲她，她，她已离开人世了！

林秋萍　（唱）祷苍天，婆母九泉之下心安宁。
　　　　　　　怀先祖，美德传芳，福泽荫后人。（插香）

黄德煌　母亲，慈娘呀！
　　　　（心恸唱）闻噩耗，德煌我，珠泪盈胸。
　　　　　　　　　心有苦，口难言，违却母命。
　　　　　　　　　慈娘呀，子欲养，亲已不在，
　　　　　　　　　都怪儿，离娘亲，难养终身。（痛哭不已）

苑　秋　德煌兄，伯母已离人世，节哀顺变才是啊！

林秋萍　（自点香）（唱）二炷香，香烟缭绕不了情。
　　　　　　　　　　　哭亡夫，遇盗被劫遭不幸。

苑　秋　德煌兄，你身遇盗遭劫之事，嫂嫂如何知晓？

黄德煌　是你表兄王二哥，见我被害落水，定然葬身鱼腹，坠江身亡
　　　　之事，由此传开。谁料劫后余生，又遇日军围堵，数载音讯
　　　　不通，以为我已不在人世了。

苑　秋　哦，原来如此，难怪嫂嫂，为你置设灵牌。

林秋萍　（唱）秋萍我，新婚一载，夫婿离家庭。
　　　　　　　侨批断，兵灾苦，逼人入绝境。
　　　　　　　饿死者，日百余，横尸街头，你岂知情？

黄德煌　（自叹自责）妻哈，我知你受尽苦楚，你夫身处异国，日军
　　　　围堵，侨汇不通，欲莫能助啊！

林秋萍　（唱）求生存苦支持，媌守三年整，
　　　　　　　为继香丁养爱子，改嫁志坤从婆命。

黄德煌　怎说，秋萍她，她，她！她已改嫁了！

苑　秋　（一怔）噢，嫂嫂已改嫁我表兄志坤了。（对德）德煌兄，我
　　　　到后院，找我表兄，弄个明白去！（匆下）

林秋萍　（唱）嗳夫哙，罢了我的夫。

这媚守妇，这改嫁女，

都因你，你，你，你！

身亡故，将我，将我来空负。

黄德煌　（唱）秋萍呀，我的妻。

　　　　　　　辟通汇路遇险境，

　　　　　　　同仁受刑，为夫遭追捕。

　　　　　　　为探汇路，弄得阮家破人亡，

　　　　　　　到头来，是为夫，将你，将你来空负！

林秋萍　（唱）到头来，妻不妻，夫不夫。

　　　　　　　原以为，玉锁定姻缘，

　　　　　　　谁知道，玉锁，锁也锁不住。

　　　　　　　逼得我，人不人，鬼不鬼，

　　　　　　　形容憔悴，人枯槁，骷髅一副。

黄德煌　（深情审视胸前玉锁）是呀！这玉锁是阮证婚之物。哎，秋
　　　　萍唅，都是为夫害了你呀！

　　　　（唱）这，这，这！这罪咎，为夫我！

　　　　　　　为夫我，我愿负，我愿负！

林秋萍　（唱）家无隔夜粮，叫我怎能来重负。

　　　　　　　幸得志坤人品好，勤耕力作育妻儿。

　　　　　　　我织网，他放网，肩挑重担共帮扶。

黄德煌　日军肆意横行，奸淫掳掠。秋萍五载，为我养母育儿，苦度
　　　　寒饥，并非容易。传我坠江身亡，为我祭奠哭碑，情真义
　　　　切。为了养家糊口，若不改嫁，坐而待毙。我若不与她相
　　　　认，于情难舍，于心难忍，天理难容呀！妻唅，待你夫，前
　　　　去与你，相认就是了！（欲冲出，突又转回）哎哟！不可，
　　　　不可！倘若我与秋萍相认，志坤他，他，他，他怎能受得？

　　　　（唱）秋萍唅，我的妻。

　　　　　　　你岂知，为夫此刻肝肠裂。

　　　　　　　相认让你心更苦，续弦夫，身归何地。

　　　　　　　志坤他，定然与你来分离。

　　　　　　　那时节，你情难舍，夫不夫来妻不妻。

　　　　（思忖，白）如此一来，我岂不是，拆散了又一对有情有义
　　　　　　　　　　的患难夫妻？（痛苦思索）这，这，这，相认
　　　　　　　　　　么！叫我，叫我好些为难啊！

［苑秋心事重重上。

黄德煌　（急追问）苑秋，你从志坤口中，得到什么？事情如何？

苑　秋　我表兄说：

　　　　（念）秋萍她丈夫已死，

　　　　　　　家姑卧床病魔缠。

　　　　　　　弱母幼子无依傍，

　　　　　　　志坤仗义来接济。

黄德煌　噢，患难相交，为我养妻育儿。

苑　秋　（接念）秋萍织网他收网，

　　　　　　　甘苦与共有情义。

　　　　　　　时长日久心生爱，

　　　　　　　婆命难违结罗丝。

黄德煌　五载家陷苦境，志坤仗义接济，母亲为之缀合，人之常情，这也难怪。

苑　秋　（双关语寄深意）是呀，甘苦与共，人非草木，焉能无情。

林秋萍　（自己点燃香）（唱）三炷香，香烟缭绕呈氤氲。

　　　　　　　　　　祷神灵，志坤身健壮，宗儿早长成。

［志坤带继宗复上。

林秋萍　（发现继宗）（白）宗儿，过来，拜一拜你的爸爸！

继　宗　（不乐意）我，我没有爸爸，我，我爱叔叔，叔叔就是我的爸爸！（紧抱志坤）

黄德煌　（受儿子童真之言触痛）哎咋！亲生儿不认父，我有何面目认吾妻，我有何言，回答我的继宗儿……

［台内响起一阵闷雷，继而雷鸣电闪。

［在激越悲壮的乐声中 A、B 区收光。

林秋萍　（痛哭疾呼）德煌，德煌……

　　　　（心恸）（唱）德煌，我的夫，你，你，你呀！

　　　　　　　　继宗我的儿，我的儿……

黄德煌　（痛哭疾呼）秋萍，秋萍……

　　　　（心恸）（唱）秋萍我的妻，我的妻呀！

　　　　　　　　继宗我的儿，我的儿……

［幕后歌：

　　　　　　啊……

　　　　　　子不认父肝肠裂，

夫不夫来，妻不妻。

夫妻相逢难相认，

咫尺之隔两分离。

〔幕在风雨交加、雷鸣电闪中徐下。

第八场　独立寒秋

〔一九四三年深秋。

〔汕头南生公司彩旗飘飘，小公园浩然亭周边插上彩旗，四
　永一升平楼高处，悬空。

红灯笼吊着的大标语"欢庆东兴汇路胜利开通"迎风飘荡。

〔幕启：在欢乐的锣鼓声中，数歌舞女郎翩翩起舞上。众侨
　眷、百姓跟上。

〔幕后伴唱：

锣鼓震天响不休，

喜迎汇路通汕头。

春风吹绿庭前柳，

万众欢乐笑点头。

通汇解除侨眷苦，

汇通洗尽万户愁。

〔舞毕。舞者与众侨眷静候迎接武装押汇队伍。

〔黄德煌偕苑秋英姿焕发上。

黄德煌　（唱）日军围困万千重。

众　人　（唱）万千重，万千重。

黄德煌　（唱）东兴人，岿然不动！

众　人　（唱）东兴人，岿然不动！

苑　秋　（唱）秘密通道开汇路，

众　人　（唱）秘密通道开汇路，

苑　秋　（唱）侨汇路上建奇功！

众　人　（唱）侨汇路上建奇功！

　　　　　［众人歌唱毕，高志鹏台内喊：武装押送侨批、侨汇队伍
　　　　　　来了！

黄德煌　好呀！鸣炮迎接！

苑　秋　志鹏听着，鸣炮迎接！

高志鹏　（内声）知道了！鸣炮迎接！

　　　　　［台内响起震耳的鞭炮声。

　　　　　［鞭炮声中，武装押运卫士前空翻、侧滚，斗志昂扬押运侨
　　　　　　批、侨汇、物资上。

众　人　好呀！（兴奋）汇路开通，武装押送侨批、侨汇队伍来了！

　　　　　［押运队伍中，数名身挂雨伞，肩背竹篮，腰缠浴布，脚穿
　　　　　　草鞋的送批人，边喊边上场：侨户的叔伯、婶姆、大家伙，
　　　　　　猛猛来拿番批，来领番批银呀！

众　人　（兴高采烈）哎哟，番批，番批银来了，来了呀！

　　　　　［众侨户争拿侨批，争领番批银。

李　嫂　（手捧番批银，情绪激动）番批，番批银，我，我，我日盼
　　　　　夜盼，终于把你盼……来……了……

众　人　是呀！番批，番批银，我们终于把你盼……来……了……

　　　　　［众人手捧侨批、侨汇，悲喜交集，热泪盈眶，群情振奋，
　　　　　　互致祝贺。

　　　　　［台内女声独唱，男声伴唱：

　　　　　　　　　　　　　　　　盼啊……盼啊……

　　　　　　　　　　　　　　　　盼侨汇，盼侨批，

　　　　　　　　　　　　　　　　五年的思念，五年的牵挂，

　　　　　　　　　　　　　　　　苦断肠，苦断肠。

　　　　　　　　　　　　　　　　喜今朝，侨汇、番批到家乡。

　　　　　　　　　　　　　　　　侨眷们，苦盼、苦待、苦变甜，

　　　　　　　　　　　　　　　　苦变甜，苦变甜……

　　　　　［歌声中，侨眷们互相道喜，欢呼雀跃。

　　　　　［黄德煌偕苑秋迎接赵自然。

黄德煌　赵经理，你们一路辛苦了！

赵自然　恁比阮更辛苦！德煌兄，是你领着众侨业同仁，开辟东兴汇
　　　　　路秘密通道，使日军掠夺大量批款的阴谋不能得逞。如今，
　　　　　侨批、侨汇、物资安全到达，这是我们潮侨帮的骄傲！

　　　　　［台内高志鹏内声：德煌兄，揭阳、澄海、潮州、泰国、东

南亚侨委会，到来祝贺！

黄德煌　好呀！动乐欢迎！

　　　　[高志鹏内声：知道了，动乐欢迎！

　　　　[高志鹏领着泰国进步银信局、金边老奇香钱庄、越南堤岸
　　　　玉合批局、救荒慈善会、华侨代表，拿着"潮人荟萃东兴
　　　　增辉"的旗幡前来祝贺。

黄德煌　（庄严宣布）南洋越、老、柬、泰、缅、印尼、新加坡的潮
　　　　侨帮，侨批同业们，东兴汇路胜利开通了，这是我们潮人的
　　　　骄傲！是潮人侨批业一大盛事！是百年侨批史光辉的一页！
　　　　它将永远铭刻在海内外潮人的心中！

众　人　它将永远铭刻在海内外潮人的心中！

　　　　[黄德煌、苑秋、赵自然及东兴各批局、钱庄代表，互相拥
　　　　抱，热泪盈眶。台上旗幡飘动，群情激昂。

　　　　[幕后伴唱：

　　　　　　　　　雨后彩虹泛艳光，

　　　　　　　　　汇路开通暖侨眷。

　　　　　　　　　久旱逢春春花放，

　　　　　　　　　闽粤处处尽欢颜。

　　　　[众人在"潮人荟萃东兴增辉""暹罗华侨救荒会""存心慈
　　　　善总会"三面旗帜前面造型。

　　　　[歌声中，天幕上出现侨批入选"世界记忆名录"邮票图像
　　　　和送批人光辉形象。

　　　　[幕在歌声中徐下。

尾声　凯歌声碎

　　　　[距前场数日后。

　　　　[景同前场。

　　　　[幕启。卖报童欣喜若狂地，挥动手中《民国日报》，边喊边
　　　　上场："卖报，卖报！特号快讯：日本投降，抗战胜利！"

（呼喊不停）

[一队男女青年敲锣打鼓，舞动腰间彩带载歌载舞过场。

[众百姓挥舞手中写着"打倒日本帝国主义""抗战胜利万岁"的彩旗兴高采烈上场，振臂高呼：打倒日本帝国主义！抗战胜利万岁！群情激昂。口号声中，日军宪兵队队长谷太郎及众宪兵放下武器，举手投降，狼狈不堪过场。

[黄德煌肩背竹篮，腰缠浴布，脚穿草鞋上，苑秋紧追其后跟上。

苑　秋　德煌兄，你……

黄德煌　我，我要走！

苑　秋　去哪儿？

黄德煌　暹罗华侨救荒会发出号召，"潮汕侨眷，饱受兵灾之苦，祖国有难，华侨有责""有钱出钱，有力出力"，联合国救济善后总署统筹统配，我已受命，前去协助接收侨汇！

苑　秋　哦，你，你又要踏上新征途去了！只是……

黄德煌　只是什么？

苑　秋　到家了，你，难道不想见嫂嫂一面么？

黄德煌　（痛惜地）秋萍是我的贤妻，我，我（内疚地）对不起她呀！

（唱）谁解恩义难相融，
　　　德煌心中苦重重。
　　　强忍悲泪不相认，
　　　为爱赎罪心绞痛。

（掏出国币双手捧着交给苑秋）（痛苦地）苑秋，你对秋萍说：德煌死了，尸骨也寒了！这钱是他生前给你留下的"赎罪金"！

苑　秋　（敬重、惋惜地接款）德煌兄，难道你，你真的不想与嫂嫂相认么？

黄德煌　（悲伤）罢了！我志已决，为爱赎罪，终身不娶，终身不娶呀！（远去）

苑　秋　（愕然）你，你，你这是真的……（惊呆）

[李嫂、志坤偕林秋萍、继宗闻讯边喊边上。

林秋萍　德煌，德煌！（声泪俱下跌倒地上）

苑　秋　（扶起秋萍掏钱）秋萍嫂嫂，这是德煌兄为你留下的钱。这些钱，是他的微薄积蓄，也是他偿付予你的"赎罪金"！（双

手将钱奉交秋萍)

林秋萍　（接钱悲痛地）"赎罪金！"（苦笑）哈，哈！"赎罪金！"谁之过，谁之罪？日军若不犯我国土，何来侨眷万户愁？如今他，他，他大义凛然，为了我，为了志坤，为爱"赎罪"，满怀国仇家恨，离我而去，重上新征途。秋萍我，我难道甘愿为这"赎罪金"折腰么？（将钱抛向空中散落地上，悲痛至极，摇晃身子，昏倒地上）

继　宗　（狂呼）妈妈，妈妈……（冲过去，扑在母怀）

　　　　〔苑秋、志坤、李嫂，激动地上前扶起秋萍。

　　　　〔后台歌（合唱）：

　　　　　雨后新绿染神州，

　　　　　志士征途战不休。

　　　　　侨批载入世界史，

　　　　　名垂青史千秋留，

　　　　　千秋留芳名，芳名留千秋。

　　　　〔众在歌声中，深情送别站在高山之巅远去的黄德煌。

　　　　〔幕徐闭。

　　　　〔全剧终。

大峰传

新编五场古装潮剧

总 策 划：卓锦奎

文史顾问：黄少鹏　姚泽建

　　　　　周创建　陈　里

编剧：陈浩展　黄建明

　　　李振和　马发展　　/

根据郑彝元《大峰祖师传略》、詹天眼《大峰菩萨行教记》创作　　/

剧情简介

新编古装潮剧《大峰传》，根据郑彝元编著《大峰祖师传略》、詹天眼述《大峰菩萨行教记》创作而成。

大峰出身于北宋浙江温州永嘉林姓名门，名灵噩，字通叟，是位爱国爱民的高僧。其五十六岁中进士，擢任会稽县令。出任时，王安石变法失败，华夏驿骚，朝无正人，外患日亟，忠谏之士无不痛心疾首，故而辞官修道，拜临济十世祖法演为师，受具足戒，内字"真觉"，法号"大峰"。

北宋宣和年间，法师云游化缘到潮阳蚝坪，挂锡灵泉禅寺。其时，逢干旱，翌年大雨倾盆，练江漫堤，洪灾泛滥，瘟疫流行，尸横遍野。灵泉寺设医馆治瘟，剪疟驱灾，大旺献偏方救小花，结成秦晋之好，传为佳话。治瘟期间，大峰禅师亲历练江水患、灾民覆舟溺水之苦，发愿造福于民，化缘建和平大桥。为此，他踌躇满志，不畏艰辛，日夜江边探水、选址、设计方案，为建桥铺路。

谁料大峰善举，被河坝小利益集团大鲸、唢呐视为眼中钉、肉中刺。乘大峰到闽地聘建桥名师巧匠和采购石材之机，他们巧借众疑，兴师动众欲砸医馆招牌。幸遇大施主蔡贡元赶到制止，医馆方免于难。

不久，大峰从闽地回来，日夜操劳，不离禅房。当他入梦之时，大鲸、唢呐一伙将松木排烧毁。就在此时，深受良心谴责的师爷重回正轨，伴工匠从闽地远航运石的大船归来。大鲸、唢呐两人也自认恩将仇报，誓言戴罪立功，最终为大桥水下种牡蛎立下汗马功劳。众缘共仰、善信同心，和平桥终告完工。已届耄耋之年的大峰禅师，终因心力交瘁昏倒圆寂。其慈悲济世、慈范人间、彪炳佛史的感人事迹，感动了朝廷。潮阳县令王三重奏疏祖师功德，明太祖谥封禅师为"忠国大师"，挂锡禅寺为"护国灵泉禅寺"。全剧以潮阳县令王三重接旨，御赐谥封谢幕。

此剧是一首汇集慈善文化、旅游文化、地方文化，充满家国情怀，气势磅礴的爱国主义赞歌。

时间：北宋宣和年间

地点：潮阳蚝坪灵泉禅寺

人物：大　峰——（林灵噩）挂锡灵泉禅寺。（老生）

徐慧英——大峰之妻。（青衣）

法　演——显通寺临济十世祖禅师。（老生）

王三重——潮阳县令。

幕　宾——绍兴县师爷。（丑）

蔡贡元——蚝坪大施主。（生）

沙　弥——老姆次子，乳名阿福。（丑）

曾居士——棉安观居士。（生）

释定慧——特聘建桥工匠。

老　姆——信众，大旺之母。（末）

大　旺——老姆长子。（生）

小　花——大鲸之女。（武旦）

唢　呐——民间乐师。（丑）

大　鲸——练江渡口舵公，小花之父。（净）

泥　鳅——舵公帮手。

七仙女（文旦）、如来（老生）、文殊、普贤、观音（闺门旦）、朝廷御役若干、诸山长老若干、僧人、居士、信众、村民、渔民、喽啰若干。

序　幕　雷音法旨

[北宋宣和年间。

[西界雷音寺。

[幕前歌：

　　　　西界香鼎爇蒙熏，

　　　　诸佛菩萨聚祥云。

　　　　齐集雷音施大法，

　　　　如来莲台悉遥闻。

[屏幕上，金光闪闪，如来端坐莲台。屏幕外莲台下文殊、普贤菩萨分立两侧。观音手持柳枝、净瓶站一旁。

[幕在歌声中徐启。

如　来　（念）豪光万丈坐金莲，

　　　　　　稽首梵宇天中天。

[台内突然雷鸣电闪，江海呼啸，地动山摇。

如　来　（念）灵光闪闪尘凡骤现。（掐指一算）

　　　　（惊，白）噢！人间有难，浩劫将至，浩劫将至！

观　音　阿弥陀佛。佛祖禅定未来世，洞见三界因果，如何救苦渡厄，请佛祖示谕！

如　来　会稽县令林灵噩，心存善念，皈依入佛，他乃尘凡，佛门法脉，只要点化于他，定能让他，悉发菩提心，勇挑大任，造福一方。

文、普　（合）未知佛祖，指派何方佛陀，点化于他？

如　来　善哉，善哉，观音大士！

观　音　在。

如　来　命你传谕天藏菩萨，化身头陀，到泉州府，邂逅大峰，雪峰结庐，点化挂锡灵泉寺，不得有误。

观　音　领法旨！

　　　　（念）佛祖驾前法旨领，

　　　　　　通传天藏走一程。

　　　　（抛杨柳，祥云现，观音驾云，缓缓过场下）

众　人　（合）阿弥陀佛！（诵）南无阿弥陀佛……
　　　　　〔光渐收。

第一场　剃度皈依

　　　　　〔深山老林，显通古寺，寺门紧闭。
　　　　　〔林灵噩身着简朴衣裳，偕幕宾健步上。
林灵噩　（上念）辞官作别我荆妻，
　　　　　　　　　愤世嫉俗离凡尘。
　　　　　　　　　云游五台得大悟，
　　　　　　　　　显通寺里拜法演。
　　　　　　　　　下官林灵噩，得中进士，蒙主隆恩，擢任会稽县令。
　　　　　　　　　如今帝京失守，朝政日非，官宦鱼肉百姓，民怨载
　　　　　　　　　天，灵噩虽不与同流合污，却也乏力回天。因此上！
　　　　　（唱）上书圣上把官辞，
　　　　　　　　皈依净土念阿弥。
　　　　　　　　自作自受不作颂，
　　　　　　　　礼佛习法学慈济。
幕　宾　（旁白）天下个事，真稀奇。有人当官想赚钱，老爷伊，偏
　　　　　　　　偏欲，辞官念阿弥！
林灵噩　幕宾！
幕　宾　卑职在。
林灵噩　赶路，直奔显通寺。
幕　宾　知道了！
　　　　　（唱）登悬崖，穿林海，
林灵噩　（唱）离凡脱俗抒襟怀。
幕　宾　（唱）举步维艰向前走，
林灵噩　（唱）弥道坎坷亦乐哉。
幕　宾　（转圆场）老爷，到此便是显通寺。
林灵噩　哦，好呀！进寺拜见法演禅师。

幕　宾　是!（发现）噢，日上三竿，寺门紧锁，待我来敲门。（敲门）

沙　弥　（上、念）三更起身念弥陀，

　　　　　　　　　　腰酸骨折床上卧。

　　　　　　　　　　梦中传来敲门声，

　　　　　　　　　　醒来日头上三竿。（打呵欠）

　　　　（白）早头早市，谁人来敲门。（开门、出门）

沙　弥　恁是……

幕　宾　会稽县令，林灵噩，林老爷到来皈依。

沙　弥　（误听）噢，是县太爷，到来布施!

幕　宾　不是布施，是皈依。

沙　弥　（怔）知道了，是皈依，唔是布施。（懵）（旁白）这就奇，太爷想皈依?（对林、幕）如此，恁请稍等，待我报知禅师。

幕　宾　多谢了!

　　　　［沙弥进门晤法演。

法　演　（内声）门外何人?（上）沙弥，有何事情?

沙　弥　禅师，门外来人，报称会稽县令，林灵噩林老爷，欲来皈依。

法　演　这么!（稍思）阿弥陀佛!早闻林灵噩，云游五台山，此番弃官，前来入佛，真假难辨。（稍思）佛门净地，戒德庄严，还须待我试试。（对沙弥附耳）你可如此，如此!

沙　弥　（领悟）童儿晓得。（出门）（对林、幕）二位施主，法师禅房忙着待客，今日还欲紫云庵赴法会，请林老爷三日后再来!

幕　宾　待客!阮不也是客吗?（不满）三日后!这、这，这分明有意刁难!

沙　弥　（故意）施主勿气，俗话咀:心急吃不了热豆腐。（入寺、关门）

　　　　［沙弥关闭寺门。幕宾与沙弥争执。林灵噩劝阻。

林灵噩　师爷，不必焦急，三日之后，再来何妨。

幕　宾　老爷呅，小和尚言语，好像"大厅吊佛像——唔是画"。

林灵噩　幕宾，切莫旁想，还是下山借宿去吧!

幕　宾　（旁白）老爷入佛是何因，幕宾全个唔知情，堂堂县令唔做，甘愿自讨苦吃!（若有所思）老爷呅，小人还有一事不明……

林灵噩　有何疑问，但说无妨！

幕　宾　（唱）老爷您，

　　　　　　　　为官尽责众高歌，

　　　　　　　　家庭和顺人乐呵。

　　　　　　　　却为何，

　　　　　　　　辞官离家念弥陀，

　　　　　　　　遁入空门蒲团坐。

林灵噩　（为难地）这么……唉，一言难尽呀！

　　　　（唱）帝京仕途尽坎坷，

　　　　　　　　王安石变法失败受重挫。

　　　　　　　　司马光继位，八月早遽卒，

　　　　　　　　蔡京为相，新党复振，

　　　　　　　　旧党获罪变故多。

　　　　　　　　外患日亟，战和不定，

　　　　　　　　忠谏之士，生命难保。

　　　　　　　　小人当道，忠奸不分，

　　　　　　　　朝廷浊水混清波。

幕　宾　哦，原来如此！哎呀！老爷您，七品县令，独力难支。这芝麻官如何做得！！

林灵噩　（唱）孤芳自贞官难做。

　　　　　　　　混沌官场，我，我，我……

　　　　　　　　官卑职微如蝉翼，

　　　　　　　　螳臂挡车，飞蛾扑火，定陷囹牢。

　　　　　　　　五台山，舍利明心性，

　　　　　　　　五蕴皆空，大彻大悟。

　　　　　　　　因此上，离凡脱俗，

　　　　　　　　皈依佛门，清净虚无。

幕　宾　哦，老爷您，入空门，意在净化心灵。

林灵噩　不错，皈依净土，灭苦得乐，利乐众生，慈悲济世，才是入圣之道！

幕　宾　（领悟）哦……我明白了！也罢，小人愿随老爷一同下山。

　　　　（林、幕同下）

　　　　［光渐收暗。屏幕移，深山老林风云飞渡，山风呼啸。继而
　　　　　屏幕上现字幕：三日后。

119

[灯亮，幕宾见寺门依然紧锁，心情烦躁不安。

幕　宾　（对林灵噩）老爷，法演禅师，让俺待了三日，今日回来，您看，寺门，寺门依然紧锁！这冷板凳，我，我实在受不了呀！

　　　　（不满唱）闭门羹，冷板凳，幕宾心难忍。

　　　　　　　　　同是禅房客，冷热两分清。

林灵噩　（唱）显通寺，好名声，香客炉火盛，

　　　　　　　　皈依悟真道，入佛净心灵。

　　　　（夹白）师爷呀！

　　　　（接唱）群聚须守口，独居要守心，

　　　　　　　　正人先正己，有容乃大见真情。

[受劝无奈，半晌未见禅寺开门，幕宾焦躁不安，继而生怒。

幕　宾　老爷，俺在山下，等了三日，如今禅寺之门……哎！（急）寺门，依然紧闭。你忍……我，我，我……（怒）我，我忍不了呀！（怒气冲冲）

　　　　（唱）等三日，未见禅寺开门声，

　　　　　　　　分明是，有意刁难不让进。（欲砸寺门）

沙　弥　（上。寺门内）禅师，您听，伊人欲发火哇！

法　演　（上。寺门内）静候，静以制动，动静方见真诚！

林灵噩　（劝）幕宾，稍安莫躁，不可造次！（阻砸寺门）

　　　　（唱）入佛门，广行六度立身命，

　　　　　　　　皈净土，愿借弥陀垂接引。

法　演　（寺门内）沙弥，你听，静以待动，宁静致远，终见真情了。

　　　　（唱）一心不住超诸信，

　　　　　　　　十愿导归继能仁。

　　　　　　　　三乘咸令契果觉，

　　　　　　　　群蒙速得脱凡尘。

沙　弥　（寺门内）禅师教诲，童儿记在心上。

幕　宾　（怒）我，我忍不了！不把老爷你我，放在眼里，这个好奈呀！（从地上拾起石头）

　　　　（唱）老爷呀，莫将白眼青睐情。

　　　　　　　　幕宾我，定欲敲门把寺进。

[气势汹汹石砸寺门，林灵噩极力劝阻。寺门被砸惊动寺内法演。

〔法演令沙弥开寺门，会林、幕。

法　演　（礼遇）阿弥陀佛，失敬，失敬，让林大人久等了！

林灵噩　（歉意）岂敢岂敢！不敬之过，还望禅师网开一面！

法　演　阿弥陀佛！久等之过，老衲于心难安。

林灵噩　好说了！多谢禅师厚爱！

法　演　欣闻林大人，意欲皈依净土？

林灵噩　正是！未知禅师接纳否？

法　演　这么……林大人呀！
　　　　（探底、唱）大人皈依意高志远，
　　　　　　　　　　离凡脱俗戒德庄严。

林灵噩　（唱）皈依净土，灭苦得乐，
　　　　　　　　认清实相，阴阳消长。

法　演　（唱）凡夫之身，难脱世俗，
　　　　　　　　圣洁法海，苦乐无边。

林灵噩　（唱）诸佛为师，菩提为侣，
　　　　　　　　五蕴皆空，何惧森严。

法　演　（赞许）阿弥陀佛，老衲心领了。林大人，随我到大雄宝殿
　　　　去吧！

林灵噩　（感激）多谢禅师了！
　　　　〔暗转，灯亮。显通寺，大雄宝殿莲花台上：如来佛、观音
　　　　　菩萨、药师佛，妙相庄严。
　　　　〔幕后女声唱：
　　　　　　　　　　　圣洁法海传喜讯，
　　　　　　　　　　　沙尼比丘菩萨升。
　　　　　　　　　　　转凡成圣立正果，
　　　　　　　　　　　续佛慧命点心灯。
　　　　〔歌声中引礼师领林灵噩、沙弥，携袈裟、戒具、法牒上。
　　　　〔"香赞"经声中，法演为林灵噩披剃。

法　演　引礼师！

引礼师　禅师，有何法旨？

法　演　戒具上来。

引礼师　（跪献）戒具到。
　　　　〔法演接戒具，引礼师司仪。

引礼师　披剃礼启。

法　演　林灵噩。

林灵噩　弟子在。（跪下）

法　演　本师今日，为你削去顶发可否?

林灵噩　禅师便利!

　　　　［法演操刀为林灵噩削发。

法　演　（唱）毁形授制已成僧，

　　　　　　　　恭敬三宝立身命。

　　　　　　　　清戒净体为佛子，

　　　　　　　　以戒为师依戒行。

　　　　　　　　皈依入圣行佛事，

　　　　　　　　护持净戒学精进。

　　　　（对林灵噩）林灵噩!

林灵噩　弟子在。

法　演　本师已为你毁形剃度，皈依净戒入圣道。自今日始，你当行守成刮爱，精进净学，汝悔否?

林灵噩　（坚定）灭苦得乐，愿度一切众，永志不悔。

引礼师　赐法号。

　　　　［法演从沙弥手中接过袈裟、法牒。

法　演　摄心为戒，因戒生定，因定生悲。本师为你证人，赐汝内字真觉，法号："大峰"。（法牒交大峰）

大　峰　（引礼师为大峰穿袈裟）蒙法师指引，弟子大峰，佛恩难忘。禅师啊!

　　　　（接法牒宣誓）（念）法门受戒为佛子，

　　　　　　　　　　　　　　入圣道终身奉持。

　　　　　　　　　　　　　　广植福田度众生，

　　　　　　　　　　　　　　尽形寿永志不渝。

引礼师　顶礼膜拜。

大　峰　（跪）禅师在上，请受弟子大峰三拜!

　　　　［在摩诃般若波罗蜜经声中，大峰三拜法师。

众　僧　（合诵）（唱）五蕴皆空，受想行识。

　　　　　　　　　　　　不生不灭，亦复如是。（重句）

　　　　［歌声中众造型。

　　　　［收光。

第二场　蚝坪救难

［幕启。桥尾山渡口。屏幕上，天边云横，江风呼啸。

［唢呐手提两酒瓮兴冲冲上。

唢　呐　哈！哈哈！好酒，好酒呀！

　　　　（唱）跟着大鲸我清心，

　　　　　　　消息一来有酒斟。

　　　　（放下酒瓮，开盖，一闻，打喷嚏）咳啾！咳啾！哎呀！香，

　　　　真香呀！

　　　　（接唱）大鲸贪杯我惜酒，

　　　　　　　　水有浮尸把我寻。

　　　　　　　　我吹唢呐伊捞尸，

　　　　　　　　生理做成还人情。

　　　　（白）今日我儿满月，人财两得。

　　　　　　　哈哈！财丁兴旺，财丁兴旺呀！（望天）唔对！天上灰

　　　　　　　布悬，雨丝定绵绵。（提酒瓮）猛猛觅大鲸食酒去。大

　　　　　　　鲸，大鲸呲……（边喊边下）

［小花肩扛船桨，喜洋洋上。

小　花　（上。向内喊）爸！阿爸呲，行猛些，日头晒着肚脐了！

大　鲸　（内声）知啰，知啰！来了，来了呀！（兴冲冲上）

花、鲸　（上。合唱）父女双双到码头，撑渡不怕风浪高。

大　鲸　（唱）行船走水半条命，

小　花　（唱）驴生拼死为温饱。

大　鲸　奴呀！你三岁，恁阿妈病死，放掉俺父仔，为父刻苦支持！

　　　　（潸然泪下）

小　花　（怜爱）爸呲，勿艰苦，有男靠男，无男靠女。阿爸呀！

　　　　（唱）阿爸您，日夜苦支持，

　　　　　　　女儿我常记在心里。

　　　　　　　养育之恩不能忘，

　　　　　　　成家立业正当时。

大　鲸　（喜、白）好！有架势，阿爸听了呲合耳！

花、鲸　（合唱）觅个如意好郎君女婿，养老送终到百年。

小　花　（发现）爸！您个衫破孔了，脱下来，女儿为您缝补去。

　　　　〔大鲸脱下外衣。小花接衣兴冲冲上岸。

大　鲸　（望花背影喜）小花，我个好女儿……哈，哈哈！

　　　　〔台内唢呐高喊：大鲸……大鲸……来食酒呀！（提酒上）

大　鲸　（发现）哦，是唢呐，（笑）他，他来得正好。

　　　　（见唢呐手上酒）未看着人，远远先闻着香味！

唢　呐　有影无？

大　鲸　（指唢呐手上酒瓮）你看！你手上挽乜个？免问就知。

唢　呐　（思悟）你真聪明，无过你个名叫大鲸，海上浮风，俺兄弟
　　　　伙就有行情。是你透个消息，是我吹个唢呐，今日才有
　　　　酒食。

大　鲸　猜着就好！茶三酒四踢跎二，觅阿泥鳅一起，清清心心一
　　　　起斟。

唢　呐　大鲸呿，生禾埔仔叫做有"香炉耳"。俗话咀，欲食逗仔鼎
　　　　边烧，欲食走仔路上潮，有个香炉耳真好。说起香炉耳，我
　　　　就想起难产死去的老婆。（伤心）老婆，你放掉阮父仔，你
　　　　……（泪下）

大　鲸　唢呐呿，人儿走四方，老婆死就死，未是哭了会返来。俺同
　　　　块柴劈。伤心事勿咀，觅泥鳅食酒去！

唢　呐　也罢，听你，食酒就食酒！

大　鲸　（向内）泥鳅呿……泥鳅呀！来食酒，来食酒呀！（鲸、唢
　　　　同下）

　　　　〔沙弥肩背布施袋，心事重重上。

沙　弥　（上念）沙弥我跟师念弥陀，
　　　　　　　　行脚化缘抱膝打坐。
　　　　　　　　寻觅母亲无消息，
　　　　　　　　越思越想愁越多。
　　　　　　　　唉！十年前家遇水灾，被大水刮走，好心船夫把我
　　　　　　　　救，流落到显通寺内。方丈法演，命我与大峰法师，
　　　　　　　　结伴同行。可惜，家内消息全无，师爷他，唔同道，
　　　　　　　　做伊去。大峰法师咀：人各有志，何须勉强，随他
　　　　　　　　去吧！如今三人存二，（望天）天乌地暗，（向内）
　　　　　　　　师父，风雨欲来，天色不早，回寺吧！

大　峰　（内声）沙弥，前头引路！

大　峰　（上唱）显通寺，师承临济拜法演，
　　　　　　　　　皈净土，礼佛习法又参禅。
　　　　　　　　　雪峰岩，头陀授法通慧眼，
　　　　　　　　　却原来，天藏化身垂接引。
　　　　　　　　　入圣道，永志不渝，续佛慧命。

沙　弥　师父呀，照生咀，我么着跟您一世人做和尚，终日敲柝念
　　　　经。（伤心）我想着母亲，目汁、目汁就欲流。沙弥我，唔
　　　　知何时……（泪下）

大　峰　童儿，不用伤心。北山古寺，就是潮阳地界。你欲寻亲之
　　　　事，指日可待了！

沙　弥　怎说！俺住的北山古寺，就是潮阳地界！

大　峰　不错，北山正是潮阳地界。

沙　弥　（思）潮阳！（悟）潮阳！潮阳是我家乡呀！（喜）这就好
　　　　了！师父，你要帮我觅到我阿妈呀！

大　峰　（深情地）你这苦孩子，灾难重重，为师当助恁，母子相会。

沙　弥　（兴高采烈）谢谢师父，阿弥陀佛！

大　峰　（台内再响雷）哦，响雷，（望天）清早宝塔云，下午雨倾
　　　　盆。（对沙弥）童儿，速速过渡！

沙　弥　童儿知道！走上！（转圆场）师父，到此桥尾山渡口。

大　峰　沙弥，呼唤舵公。

沙　弥　是。（向对岸）渡伯，渡伯哙！

大　鲸　（醉意上）大，大声逼喉，吵，吵死人！（远望）哦，是老，
　　　　老和尚师徒，化缘回来！（扫兴）哎，真，真无彩！

唢　呐　（匆上对鲸）大鲸，你，（神秘招手）过，过来！（近鲸附
　　　　耳）听咀大峰在灵泉寺，建医馆，给人看病，叫伊有死人，
　　　　知来相告。

大　鲸　（不以为然）你勿咀掉工，伊给人看病，捾药免还钱，死人
　　　　胶己理。

唢　呐　（泄气）想唔到死人个生理，也有人来相争。

大　鲸　相争，相争个事还赘，听咀伊还想，化缘建桥。

唢　呐　（一怔）建桥，桥成俺二人么无银！你个撑船生理免做。

大　鲸　（不满）免做？看谁人免做！
　　　　（唱）谁说撑船生理免用做。
　　　　　　　他有上天梯，我有落地索。

125

练江双畔俺地界，
一呼百应弟兄多。
大峰手下阿师爷，
渡船与我来相遇。
他和你父有交情，
牵来挽去敊包抱。

唢　呐　（回忆）我父生前曾在绍兴衙门做事，常谈起有个好友，原来是他……（对鲸）大鲸唅！（夸奖担忧）

（唱）众人知你工课好，
蚝坪弟兄尊你是头夥。

（白）只是，建桥之事……

大　鲸　（唱）练江宽，欲建大桥非容易。
北山涧，南海潮，
（夹白）这江海交汇呀，
（转唱）初三澇，十八水，
潮起潮落建桥苦头多。

唢　呐　大鲸，你，真是见多识广。懂风澇水势，知建桥利弊。佩服，佩服！

沙　弥　（等急了）渡伯，渡伯呀！

泥　鳅　（上）嗷嗷仑，嘈死人！（对大鲸）大鲸唅，大雨欲来，猛些开船载伊返寺内，俺才好食快活。

［大鲸撑船接峰、沙过江。

大　鲸　（船靠岸放跳板）老法师，请下船！

大　峰　阿弥陀佛，多谢艄公了！

［船到江心，突然狂风来袭，渡船晃荡，沙弥昏眩。

大　峰　（扶住沙弥，望天空）哎哟不好，"江猪过河，大雨滂沱"，夜里定有暴风雨。

大　鲸　（惊异）老法师，你会看天？

沙　弥　（抢答）阮师父会看天，还晓风澇水势。在灵泉寺，建医馆看病挽药，免还钱。

大　峰　（怜悯）初三澇，十八水，练江，江海交汇，江流湍急，溺者亡，令人悲伤！令人悲伤呀！

沙　弥　师父唅！也是建起大桥，众人免过渡，我沙弥，也免日日坐渡船，受头眩个气！

大　鲸　（触动感叹、担忧，旁白）想唔到，老和尚路路通，连潮水
　　　　起落都懂。大桥日后建成，我大鲸，岂唔是衫袋无银？有桥
　　　　免渡船，撑船食免赚，我与女儿小花，去食西北风。（不满）
　　　　哼哼！想扣掉我个饭碗……
　　　　〔大鲸撑沙、峰迎着风浪下。
　　　　〔光暗，屏幕上雷鸣电闪。继而大雨倾盆，江水漫堤。
　　　　〔光亮。幕后歌起，歌声中贡元、大旺、长者与众乡民，在
　　　　　水中跌跌撞撞，艰难前行。哀号四起，荒不择径，仓皇逃
　　　　　奔，场面十分惨烈。
　　　　〔幕后歌：

　　　　　　　　练江漫堤水连天，
　　　　　　　　狂潮来袭毁农田。
　　　　　　　　百里村镇成泽国，
　　　　　　　　天地混沌走他乡。

乡民甲　风雨照大，水涨到这么高，太可怕了！
乡民乙　风大水急，大家伙要小心呀！
乡民丙　（发现）哎呀！前面那几间厝仔，好像倒落去了！
众　人　是，是！厝被大水刮倒了！
长　者　这一次水灾，比十年前更大！（打喷嚏）惨啊！又有不少人
　　　　家，家破人亡！
　　　　〔台内配合场景气氛，响起阵阵唏嘘、惊恐、啼哭之声。
贡　元　大家伙，这一次，灾情虽大，免用惊！大峰禅师建医馆，施
　　　　医赠药，救苦救难，俺众人，到医馆避难去。
大　旺　对！贡元爷咀来着，俺撮人，手牵手，一齐到医馆避难去。
众乡民　（齐）对！到大峰医馆，避难去！（众下）
　　　　〔屏幕上，略示时移势易，天气阴晴变化，大峰医馆避难者
　　　　　众，人流如鲫。
　　　　〔数僧人，手忙脚乱，心情焦灼，来回奔跑，忙着安置避
　　　　　难者。
　　　　〔大鲸、唢呐偕幕宾鬼鬼祟祟上。
大　鲸　师爷，俺同船过江，同食碗饭，你看如何落脚手？
幕　宾　以我之见，顺民意随波逐流，顺水推舟，敲铜锣让众人到大
　　　　峰医馆去避难。
唢　呐　撮人去了好做呢？

幕　宾　人满为患，倘若有病，病毒相染，吹唢呐生理，门庭若市！

唢　呐　（惊叹）好棋！叫大峰收煞唔咧。

大　鲸　（对唢）唢呐，你与泥鳅猛猛去乡里敲铜锣！

唢　呐　好！我知！（匆下）

　　　　［唢呐、泥鳅两人各自手提铜锣匆上，边走边喊：练江崩堤，
　　　　　风高浪急，众人快到大峰医馆避难去呀！匆下。

大　鲸　哼，哼！大峰呀大峰，好戏就欲开场了！（赞幕）还是师爷
　　　　工课好！

幕　宾　朝政日非，幕某见机而为。怎此舵公，深谋远虑，站高
　　　　看远！

大　鲸　撑船人，粗夫一个，怎好与师爷相比！

幕、鲸、唢　（相视）哈，哈，哈！

　　　　［收光。光聚大鲸、幕宾、唢呐三人造型。
　　　　［光亮。深山老林，崇山峻岭。江海交汇远处波浪滔滔。
　　　　［大峰肩背竹篓，手撑雨伞，沙弥肩挑沉甸甸草药担子，雨
　　　　　淋浃背匆上。

大　峰　（上，唱）穿林海，背竹篓下山冈。

沙　弥　（上，唱）路崎岖，肩挑草药担子重。

峰、沙　（合唱）风雨狂，过了一山又一山。
　　　　　　　　　俺师徒背篓挑担爬山越岭采药忙。

沙　弥　师父，你看，前面农田被大水淹没，乡村厝倒，十室九空，
　　　　又是家破人亡了……

大　峰　是啊！欲罢不能，欲歇不得呀！
　　　　（唱）忧的是，禅寺灾后出瘟灾。
　　　　　　　盼药到，急如星火心不安。

沙　弥　（手执草药）这土生土长的草药！
　　　　（唱）草药虽土功效大，
　　　　　　　龙泉水煮药治瘟灾。

大　峰　（唱）止泻止呕防相染，
　　　　　　　驱瘟剪疟除病害。

峰、沙　（合唱）利乐有情解危局，
　　　　　　　　　广度俗众脱苦海。
　　　　　　　［渡口亭。江风呼啸，浊浪排空。
　　　　　　　［台内突然高喊：救人！救人呀！江中木桶，有个婴儿……

来救，猛猛来救呀！

沙　弥　（焦急搜寻）师父，又有人在喊救人！伊呾江中，那个木桶内有个奴仔！

大　峰　（紧张眺望）哎呀，不好！木桶前面有旋涡！

　　　　〔沙、峰慌忙冲向江边渡口。

沙　弥　不错！前面是旋涡……师父，怎么办？

大　峰　（忧心忡忡）旋涡就在眼前，婴儿……

沙　弥　师父！这婴儿……

　　　　〔乐启。压抑、沉重，波浪起伏。

大　峰　（焦灼不安）哎咋！此刻不施援手，木桶陷旋涡，婴儿定然无救！待我来！（撑伞，纵身跳下江中）

　　　　〔少顷，大峰左手撑伞，右手托着婴儿上岸。

沙　弥　（接峰手上婴，怜惜）小小婴儿，像我沙弥，幸好师父将你救，要不然，你命归天！

大　峰　阿弥陀佛。

沙　弥　师父，这婴儿，送往哪里？

大　峰　寺院留婴不宜，交曾居士，设法安置。

沙　弥　知道。（对峰）师父，你抱病上山采药，这时江中救人。你实在太累了！到渡口亭内歇息吧！

大　峰　也罢。

　　　　〔大峰、沙弥抱婴入渡口亭内。

　　　　〔泥鳅、唢呐乘船。唢呐呼唤：我的儿，你在哪里？边喊边上。

唢　呐　（踉跄）儿呀儿，你，你在哪里？（痛哭流泪）

泥　鳅　（扶住）唢呐唅，勿哭！勿哭，你儿被大水冲走，泥鳅相辅你捞就是！

唢　呐　（焦急）泥鳅，船撑猛，到头前觅看！

泥　鳅　好，我知。我来出力撑猛！（两人乘船匆匆过场）

　　　　〔沙弥手抱啼婴从渡口亭内出。大峰疲惫不堪，步履踉跄差点昏倒。

沙　弥　（急扶峰）师父，您太累了！快快回寺歇息吧！

大　峰　（强忍）为师尚能挺住。（关心地）婴儿啼哭不止，哄着他吧！

　　　　〔沙弥手抱啼婴不停安抚。

大　峰　唉，灾后如此惨状，悲天悯人！悲天悯人呀！

　　　　　（念）腥风卷起千重浪，

　　　　　　　　狂潮来袭岸堤崩。

　　　　　　　　百里村镇成泽国，

　　　　　　　　洪流滚滚毁农田。

　　　　　（伤心，唱）这这这！这狂风和恶浪，吞噬了，吞噬了多少
　　　　　蚝坪好儿男。

沙　弥　（旁白）是呀！尸体遍地，实在可怜！

大　峰　（深情泪下，唱）眼前是，逝者如斯，柔肠寸断。

　　　　　　　　　　　　尸身腐烂，尸毁形骸情何堪。

　　　　　　　　　　　　忧的是，灾后瘟疫皆相染，

　　　　　　　　　　　　有乡难回，有家难还。

　　　　　　　　　　　　黎庶苦受熬煎，大峰我，心悲怜。

沙　弥　（旁白，忧）最怕灾后瘟疫，定着家破人亡！

大　峰　（唱）眼前事，细思量，

　　　　　　　　灾情重，民生苦，蚝坪大势堪忧烦。

　　　　　　　　乡民与信众，千般寄望万般盼，

　　　　　　　　千呼万唤，万唤千呼官府为民来担当。

　　　　　　　　原指望……

　　　　　　　　大难当头，官府本应为民解危难。

　　　　　　　　谁知道……

　　　　　　　　帝京戈矛相见，狼狈为奸，

　　　　　　　　你争我夺，朝政日非，空负了众望。

　　　　　　　　百姓们，身陷水火仰天长叹，

　　　　　　　　地方官，官卑职微乏力回天，

　　　　　　　　县令他，有心无力，怎能挽狂澜。

沙　弥　（旁白，愤）朝廷实在腐败！

　　　　　〔婴儿啼哭不止，沙弥抱婴入亭。

大　峰　（激动）蓦然间，佛祖法旨成正念，

　　　　　　　　　　耳边厢似闻师训空中响。

　　　　　　　　　　眼前灾情有忧，百姓灾后有愁，

　　　　　　　　　　芸芸众生盼普度，

　　　　　　　　　　茫茫苦海望佛光。

　　　　　　　　　　罢！罢！罢！

弘化度世情更急，

慈悲救危心弥坚。

大峰我，续佛悲命，誓解危殃。

〔台内唢呐、泥鳅敲铜锣声伴着阵阵喊声：乡民们，发生瘟
疫，大家快到大峰医馆避难呀！

〔贡元、曾居士、众僧、诸山长老、大旺及乡民善信边喊禅
师边焦急上。

乡　民　（发现）噢！禅师在此！禅师在此！

贡　元　禅师，您年迈抱病上山采药，众人怕有不测。再咀……

曾居士　（急打断）再咀阮等焦急前来……（伤心难抑）只因……
　　　　（说不下去）

大　峰　阿弥陀佛！莫非灾后生变？

贡　元　正是！

曾居士　（慢慢平静）如今医馆挤满病人，人满为患，馆小人多，难
　　　　以安置！

大　峰　（沉思）医馆挤满病人，馆小人多，倘若相染，那还了得！
　　　　（急）病人有何病象？

贡　元　上吐下泻，情况十分危急！

曾居士　众人食了禅师备用草药汤，病情暂时稳定，谁知……（焦
　　　　急）谁知小花几人……

大　峰　（急追）小花她们几个人咋样？

大　旺　（焦急）小花几个人咋样了！

众　人　是呀，（忧心）小花她们如何呀？

曾居士　吐泻不止，高热不退，红点尚在！

大　峰　（一怔、忧思）吐泻不止！这么……

　　　　（念）小花她们，红点尚在，

　　　　　　　人事不省，高热不退，

　　　　　　　分明是，馆小人多，病毒相染，

　　　　　　　添新病毒，麻烦更多。

　　　　　　　仔细考量，止泻止呕，

　　　　　　　急需"草药之母"大青叶。

（忧心忡忡）大青叶呀大青叶！这止泻止呕的治瘟草药之母，
大峰我翻山越岭，难寻踪迹。（对贡元）大施主，未知民间
岂有此偏方？

131

贡　元	这大青叶草药，似曾听说，只是一时很难找到。
大　旺	（旁唱）海上风浪结同心， 　　　　　两人相伴情谊深。 　　　　　此时小花危旦夕， 　　　　　刀山火海我把药寻。 　　　　　（对峰，白）禅师！大青叶草药，有，有，有！我娘祖传藏有。她常呕吐，一食就好，未知岂是禅师说的草药。
大　峰	（喜）好呀！（对贡）大施主，你可到小施主家，一探真情，老衲随后就到！
贡　元	禅师放心，贡元立即前往！（贡、旺同下）
大　峰	（对众居士）众居士听着，怎等速将山上采来草药，送到寺内，用龙泉水煎汤，以备再染病者饮服吧！
众居士	知道了！（众居士挑草药下）
大　峰	沙弥！溺水救起婴儿，交由曾居士安置。
沙　弥	是！（婴儿交曾居士）
大　峰	诸位善信，何人熟悉水性，可随沙弥跳入江中，潜水捞尸去吧！
众善信	（齐）阮等与沙弥一起，下江捞尸、装棺、收埋。
诸长老	乡民们，俺也参加！
众乡民	（齐）好！俺也参加！
大　峰	如此！各路长老、信众、乡民可随沙弥，各就各位，各司其职去吧！
众　人	（齐）是！（众下）
大　峰	曾居士，你领待命的众位善信，同心合力，发衣、发粮，救孤度厄，慈悲济世去吧！
曾居士	是！（曾领一众下）
大　峰	（对众僧）诸位僧人听着！一同随我，大雄宝殿，焚香诵经，超度亡灵！
众　僧	（齐）是！ 　　　［幕后响起地藏经梵音。 　　　［众在钟声回荡、梵音渺渺声中下。 　　　［暗转。

第三场　石证因果

[光亮。景现姆家一角。壁上吊着内装大青叶草药散的葫芦瓜。

[姆家贫穷寒碜，只有旧床和土灶，灶前安可取出灵母石。

[床上的老姆，病魔缠身，左手拿一串佛珠，右手抱着婴儿，干咳着艰难起身，步履踉跄。

老　姆　老身姆娘，丈夫早丧，大仔阿旺，江中捕鱼为生，谁知，灾后瘟疫相染，众人四处躲避。此时日已过午，大旺我仔，你为何还未回来？（忧心忡忡）

[贡元、大旺匆上。

贡　元　（上念）身授禅师命，
　　　　　　　　寻药解危情。

大　旺　（上念）偏方不外传，
　　　　　　　　说服我母亲。

[台内大峰喊：大施主，大施主！追上。三人相遇。

贡　元　禅师您……

大　峰　瘟情告急，老衲心急如焚！（焦急追问）大旺，此处离你家还有多远？

大　旺　就在前面。

大　峰　如此，速速前往！

大　旺　是！（转圆场）禅师，到处便是我家。

大　峰　进去！

[贡、峰、旺仨人同进老姆家门。

大　旺　母亲，您看，是谁人来了！

老　姆　（细观）哦，是老法师到来！老身失礼了！

大　峰　老施主好，阿弥陀佛！

老　姆　（观贡元）奴唅，这位是谁？

大　旺　母亲，他是蚝坪大施主，贡元爷呀！

老　姆　噢，是贡元爷到来！老身无礼了！

贡　元　老姆万福！

[老姆手中婴儿啼哭。

老　姆　（对峰）禅师，这婴儿，是您从练江大水救起，是曾居士送
　　　　　来我家的！

贡、峰　（同时）多谢老姆养护了！

老　姆　（伤心）看着这苦命的婴儿，听着他哭哭啼啼，我就想起十
　　　　　年前，水灾失散的阿福。（伤心）阿福，吾儿，你……你要
　　　　　活着回来呀！

　　　　（唱）　可怜婴儿哭啼啼，
　　　　　　　　失子爹娘更惨凄。
　　　　　　　　触境思儿心欲碎，
　　　　　　　　何时能见我娇儿。
　　　　　　　　老天呀！却为何？
　　　　　　　　灾情不断蚝坪地，
　　　　　　　　十室九空情惨凄，
　　　　　　　　流落他乡求施济。

（夹白）阿福呤！你失散在哪里？

（接唱）　为母心如黄连苦。
　　　　　儿呀儿……我的儿……
　　　　　你岂知，娘心此刻如刀绞，
　　　　　刀绞肝肠寸寸裂……（婴儿啼哭，老姆抱起安慰，落泪）

大　旺　母亲，勿哭，勿哭！你一哭，我目汁就欲流！

贡　元　老人家，切莫伤心过度呀！

大　峰　（旁白）听她言语诉失儿，莫非阿福是沙弥！
　　　　　［大峰细察，发现祥光，寻光见石，惊叹不已。

大　峰　（发现）哦，祥光（见石惊叹）灶前石，灶前石！好呀！

贡　元　禅师，你见了灶前石，为何如此惊叹？

大　峰　（悟，隐言）此乃吉祥之石！（含而不露）石是因，果是儿，
　　　　　石证因果终有期。

贡　元　（领悟自语）哦，我明白了，禅师言下之意，天灾无情人有
　　　　　情，失散相会终有期。

大　峰　（对姆）老施主，不用伤心，老衲自当设法，助恁母子相会。

姆、旺　（同时）多谢禅师了！
　　　　　［台内曾居士高声：禅师，禅师！边喊边上，进姆家。

曾居士　（进门）禅师！小花她们吃了飞天蜈蚣、叶下红草药汤，病
　　　　　情未见好转！

大　旺　（追问）小花她，她，她，她，咋样了？

曾居士　她昏迷不醒，呼吸困难！

大　旺　（惊）哎咋！这还了得！

大　峰　（对旺）小施主，大青叶草药，现在何处？

　　　　　[大旺慌忙从壁上取下葫芦瓜。老姆急阻。两人争拗不停。

大　旺　禅师，你看！草药在此！

老　姆　（惊呼）大青叶草药！

大　峰　（喜出望外）大青叶草药！

贡、曾　（欢呼）好呀！小花她们有救了！

老　姆　旺儿，不能拿！不能拿呀！（夺回葫芦瓜）

大　旺　母亲，孩儿一定要拿！（夺过葫芦瓜）

老　姆　（痛苦）儿呀！你难道叫你母，成了不义之人么……

大　旺　（伤心）母亲，草药不让孩儿拿走，是何道理？

老　姆　儿呀！

　　　　（唱）祖宗遗训不可欺，
　　　　　　　　乡规教男不传女。
　　　　　　　　你娘私偷已越轨，
　　　　　　　　若将草药来传出，
　　　　　　　　为母终生陷不义。
　　　　　　　　这草药被你拿走，为母岂不成了不义之人呀！

贡　元　（旁唱）青叶丹，传闻在民间，
　　　　　　　　　却原来，姆娘家中藏。

大　峰　（旁唱）老施主，为何不愿献，
　　　　　　　　　这偏方原来有隐言。
　　　　　　　　　眼前是，瘟疫如虎狼，
　　　　　　　　　得偏方，方能解危难。

曾居士　（劝导）老施主呀！

　　　　（唱）禅师他，惊涛骇浪救儿婴，
　　　　　　　　治瘟灾，慈悲济世度众生。
　　　　　　　　孰料到，病毒相染生变故，
　　　　　　　　求偏方，心怀大义解危情。
　　　　　　　　禅师他利乐有情，治病救人舍生忘死，义比天高！
　　　　　　　　这草药救善信，脱危难，还望老施主三思，三思呀！

贡　元　老姆呀！家规义小，良药济世义大，积善之家，必有余庆。

大　峰　不错，救人一命，胜造七级浮屠。

大　旺　母亲，贡元爷说的对，家规事小，救人事大，你就答应
　　　　了吧！

大　峰　福在德中种，因果皆不空。请老施主，慈悲为怀。阿弥
　　　　陀佛！

老　姆　（沉思）这么……

　　　　（领悟唱）众人语，解我心结疑忌。

　　　　　　　　禅师他，舍生忘死，深明大义。

　　　　　　　　我不该因小义忘大义，

　　　　　　　　罢、罢、罢，献偏方，解危相扶持。

　　　　（对旺）旺儿，草药，你就拿去吧！

大　旺　（深情）母亲！我的好母亲！

峰、曾　多谢老施主，阿弥陀佛！

　　　　〔暗转。

　　　　〔灯亮。姆家一角。土灶前安有可取出灵母石。

　　　　〔沙弥上。边走边忆他与大峰禅房相会情景。

沙　弥　昨夜间，师傅禅房对我言：（学大峰语气）沙弥，明日你就
　　　　到姆家，与婴儿结缘去吧！说不定还有喜事哦！（沉思）师
　　　　父之言，话中有话，有乜喜事？我与婴儿有乜机缘？（猜想）
　　　　莫非……（喜）好呀！待我来！

　　　　（念）欲与婴儿来结缘，

　　　　　　　举步姆家走一场。（转圆场）

　　　　（白）到此便是，石尾岐村，这房子，正是老姆之家，待我
　　　　来敲门！（敲门）施主开门，开门呀！

老　姆　（悦）莫非我儿大旺回来？（开门）是和尚！（门关而复开，
　　　　相视有感）你……

沙　弥　阿弥陀佛。（双手合十）施主……（相视有感应）我……

老　姆　小师父，到来何事？

沙　弥　到来！到来化缘建桥！

老　姆　化缘建桥！修路造桥，行善积德是好事。可惜老身，有心无
　　　　力！（有意仔细打量）

沙　弥　（莫明其妙，旁白）这就奇，施主伊，双目看唔唎，唔知是
　　　　做呢？

老　姆　（出门相邀）小师父，进来吧！

沙　弥　多谢施主！（进门）

[老姆搬椅待客，细观之，心事重重。沙弥早有觉察，静观其变。

沙　弥　（不约、同时）施主！
老　姆　　　　　　　　小师父！（无语，尴尬离开）

老　姆　小师父！老身有一事，岂可相问？

沙　弥　施主，何事问来。

老　姆　敢问小师父，你是哪里人氏？

沙　弥　（唱）回施主，听我言。
　　　　　　　潮阳便是我家乡。

老　姆　（旁白）哦，他是潮阳，难怪早间一见，好生熟面。（对沙弥）未知家住哪里？

沙　弥　（唱）只知家乡是潮阳，
　　　　　　　家住何地不知详。

老　姆　岂有兄弟姐妹？

沙　弥　（唱）家有母亲和兄长，
　　　　　　　沙弥失散在外间。

老　姆　（一怔，感触，自语）哦……有母亲和兄长！（对沙弥）岂知你兄叫何名字？

沙　弥　（唱）沙弥细小记不清，
　　　　　　　只在梦里见亲娘。

老　姆　岂能记住你小时名字？

沙　弥　（唱）叫弟叫福由人叫，
　　　　　　　真实名字不知详。

老　姆　（旁白）叫弟，叫福……（思、悟）名叫阿福！哪有这般凑巧？莫非有人同名？（对沙弥）未知小师父，因何出家？

沙　弥　（唱）记得那年闹水灾，
　　　　　　　风雨江水滚滚来。
　　　　　　　沙弥幼小身无伴，
　　　　　　　大水冲散哭哀哀。
　　　　　　　在家小时有人惜，
　　　　　　　寺里思娘苦自知。

老　姆　（唱）听他言，我心酸。
　　　　　　　失母孩童苦难言。

137

　　　　　　　谁怜我，失子苦。
　　　　　　　母子离散更凄凉。（神情恍惚）
　　　　　（痛苦白）十年！十年了！（失态欲抚沙弥脸）儿呀……

沙　弥　（避开）施主！您……

老　姆　（悟、错）噢……（转向）我儿失散十年，老身思儿心切，
　　　　一时六神无主，请小师父谅情！（痛不欲生）儿啊……

沙　弥　（旁白）这就奇，她儿子，也是失散十年。（对姆）请问施
　　　　主，您儿是怎样失散的？

老　姆　（唱）提起前情泪如丝，
　　　　　　　满腹辛酸难尽提。
　　　　　　　我儿阿福年尚幼，
　　　　　　　一场洪水两分离。

沙　弥　（旁白）她提儿子名字，（似有所觉）也是洪水惹的祸……
　　　　（疑，近姆）施主你……莫非……（欲言又止，陷入沉思）

老　姆　（似有觉察）小师父，有何话说？

沙　弥　（不敢直言）噢……请问施主，你那失散儿子，至今多少年
　　　　头了？

老　姆　（唱）被水冲走才七岁，
　　　　　　　失散十年无消息。
　　　　　　　思儿想儿心难受，
　　　　　　　音讯渺茫实惨凄。

沙　弥　（急切）施主，你岂有去觅？

老　姆　（唱）终日绕行练江埕，
　　　　　　　走南闯北满街市。
　　　　　　　泪水伴脚印，
　　　　　　　阿福，儿呀！你在哪里？
　　　　　　　音讯渺茫寻觅难，
　　　　　　　求神问卜佑我儿。
　　　　（悲、呼）老天！保佑我儿，平安回来呀……

沙　弥　（旁唱）听她一番悲言语，
　　　　　　　　言真语切同病相怜。
　　　　　　　　都因为，江水来冲散，
　　　　　　　　眼前莫非我亲娘。

老　姆　（旁唱）我观他行踪举止，

容貌长相无差厘。
待我再来细盘问，
水落石出明非是。

沙　弥　（同时）待我来……（感触）呵，是了！
老　姆
沙　弥　（抢问）施主，你儿身上，岂有印记？
老　姆　（大悟）印记？有印记！
　　　　（唱）邻居玩笑，手藏月儿，
　　　　　　　两掌手心，红红圆圆。
沙　弥　（惊呼）两掌手心，红红圆圆。（望自己手心）
老　姆　（唱）两掌手心，红红圆圆。
沙　弥　这，这，这！这红红圆圆啊！
　　　　［老姆见状，紧抓沙弥手，观看。
老　姆　（惊呼）儿啊！
沙　弥　（扑跪、相拥相泣）母亲！
老　姆　儿啊……
　　　　（唱）儿你失散千般苦，
　　　　　　　母丢孩儿欲断魂。
　　　　　　　食不知味三餐少，
　　　　　　　夜不能睡泪纷纷。
　　　　　　　十年寻觅心欲碎，
　　　　　　　思儿盼儿回家门。
　　　　　　　形容憔悴心滴血，
　　　　　　　魂不附体命难存。
　　　　　　　佛祖慈悲来保佑，
　　　　　　　合家相会喜满门。
沙　弥　（哭）母亲！
　　　　（唱）孩儿少小离家乡，
　　　　　　　十载未见我亲娘。
　　　　　　　娘思失子黄连苦，
　　　　　　　儿离母亲如羔羊。
　　　　　　　儿心娘心心相连，
　　　　　　　羔羊离窝更心伤。
　　　　　　　感谢禅师来相助，

引儿回家认亲娘。

母亲唅！慈娘呀！

养育之恩当报偿！

（白）孩儿来迟，孩儿来迟了！（扑跪前行）

老　姆　（痛楚万端）儿呀！我的儿……

　　　　　［母子相依、相泣。

沙　弥　请母亲椅上安坐吧！（扶姆坐椅）

　　　　　［室内婴儿啼哭，引发沙弥关切。

沙　弥　母亲，室内啼婴，岂是曾居士，送来这里的？

老　姆　正是！（询问）未知这婴儿是谁家仔弟？

沙　弥　这落水婴儿，师父已托大施主贡元爷寻觅。

老　姆　这就好了啊！

　　　　　［大旺腰挂篾篓，手提药包喜气洋洋匆上。

大　旺　（上念）卖鱼买药救母亲，

　　　　　　　　　　渡船停开遇贵人。

　　　　　（白）我大旺，运气好，过江遇贵人。母亲生病，待我猛猛
　　　　　　　　　带药回家。来走！

　　　　　［转圆场。进门。

大　旺　到此，便是我家，进去！（进门）娘！我返来了！

老　姆　大旺我仔，你回来了！（从床上起身）。回来就好，回来就
　　　　　好！娘担心渡船停开，你回不来！

大　旺　娘唅，给你说着，渡伯早就返去了！

老　姆　返去？渡伯返家，我儿怎能回来？

大　旺　娘，你听！

　　　　　（敲板）鱼虾换药回家来，

　　　　　　　　　　日头落山船停开。

　　　　　　　　　　无船过渡江边待，

　　　　　　　　　　忧娘久病在家内。

　　　　　　　　　　禅师知我救母急，

　　　　　　　　　　雨伞助儿过江来。

老　姆　（急问）雨伞帮你过江？

大　旺　是呀！踏伞过江！

老　姆　（惊喜）法师踏伞，助你过江！

大　旺　是呀！是禅师相助，孩儿才能回家，为娘送药的。

　　　　　（拉姆）娘（指沙弥）他……

老　姆　哦，娘忘了告诉你。（指沙弥）他，就是十年前，被大水冲
　　　　　走失散，你的亲弟弟！

大　旺　（拉姆）娘！（指沙弥）伊，怎会识俺家？

老　姆　大峰法师牵成，母子相认。（拉沙弥）阿福，快见你兄长！

沙　弥　（跪下）大哥在上，请受细弟一拜！

大　旺　（扶起）细弟免礼！

老　姆　（兴奋）好呀！老天开眼，佛祖保佑，感谢法师，助俺合家
　　　　　　　　　团圆！

　　　　　〔大峰撑雨伞健步上。

大　峰　（上念）一场洪水两分离，
　　　　　　　　　十年失散苦相思。
　　　　　　　　　母子今日喜相会，
　　　　　　　　　善因善果无差池。

　　　　　〔大峰收伞，敲门，进门。

大　旺　（开门）哦，是禅师到来！

大　峰　阿弥陀佛！

沙　弥　师父！（指姆）这是我母亲！（指旺）这是我兄大旺！

沙、姆、旺　（跪下）多谢师父（法师）助阮合家团圆！

大　峰　（扶起）善哉，善哉！三世因果，因缘自有定数。恁等合家
　　　　　团圆，乃老施主种下福果！（对姆）老衲今日到来，还有一
　　　　　事，欲求施主喜善乐捐！

老　姆　（纳然）这……（难言）老身家境贫寒，实在有心无力！

大　峰　不求财帛，只求施主赐一物，未知愿捐否？

姆、旺　（同时）何物？请禅师明告！

大　峰　只求一石，若以此石相赠，功德无量。

姆、旺　此石现在何处？

大　峰　就在你家灶前！

姆、旺　灶前石？（悦）好呀！任由法师取用。

大　峰　老施主心怀善念，将灵母石奉献，功德无量，功德无量！

大　旺　这灶前石，是我爸讨海，捕鱼拖网，从江中拖起来的，小小
　　　　　灶前石，请问法师，为何如此珍重？

大　峰　施主听道！

　　　　　（唱）江流急，溺水亡，令人悲伤，

建大桥，立桥墩，石镇大江。

蒙施主，垒鹊巢，宝石奉献，

救苦难，利民生，众缘共仰。

老　姆　（悟）哦！原来是块镇河宝石！

大　旺　（喜）如此，请法师抬走吧！

大　峰　阿弥陀佛！（对沙弥）沙弥，把石抬到灵泉寺。

沙　弥　徒儿遵命！

　　　　[沙弥脱下衣帽（沙弥与大旺容貌难分），将石抬出姆家。

　　　　[小花上，与沙弥相遇，误是大旺。在特殊环境、特定人物
　　　　　共同参与的非常巧合事件中，引发小花与大旺甜蜜恋情往
　　　　　事的戏剧性回忆。

小　花　（见沙弥，追上）大……（见光头疑，语塞）大？大石……
　　　　（语塞）

沙　弥　（回头误听）大石，我抬的是大石！

小　花　石从何来？

沙　弥　我家灶前。

小　花　送往哪里？

沙　弥　灵泉禅寺。

花、沙　（同时）这，这，这！这就奇了……（沙弥卸石）

小　花　（旁唱）这就奇，大旺削发当沙尼？（和尚之意）

　　　　　　　　为何他，入佛唔敢呾我知。

　　　　　　　　莫非是，我俩婚姻生异议。

沙　弥　（旁唱）这就奇，欲把大石送禅寺，

　　　　　　　　为的是，准备石料砌桥基，

　　　　　　　　却为何，对我问东又问西。

花、沙　（旁唱）（合）小花我／沙弥我，不免心生疑。

小　花　（旁唱）医馆里，他为我，身边勤服侍，

　　　　　　　　我昏迷，他时刻不离我身边。

　　　　（旁白）我身染瘟疫，昏迷不醒，是他送来草药，

　　　　　　　　将我救活，这情和义，我长记在心里……（近沙弥）

沙　弥　（旁白）一僧一俗，怎可挤在一起！（远离）

　　　　（审视）（旁唱）这女人，她她她……我在医馆里，

　　　　（辨认）（旁唱）好似，好似，曾相见！

　　　　（试探）待我来试一试！（对小花）小施主啊！

（念）寻偏方，禅师慈悲济世，
　　　　　献草药，母子深明大义。
　　　　　医馆里，何人常在你身边，
　　　　　他是谁？让你长记在心里。

小　花　（欲亲沙弥，唱）就是你，你是我心上的好男儿。

沙　弥　（悟、明，唱）你错了，我是禅寺小沙弥。

小　花　（惊、羞）噢！你不是大旺！（唱）哎呀呀，原来你是禅寺小
　　　　　沙弥，这就奇，怎两人为何容貌无差池。大旺他，大旺他，
　　　　　究竟与你乜关系。

　　　　　〔老姆、大旺送大峰上。走出家门遇沙弥、小花。

姆、旺　（同时）禅师慢走！

花、沙　（同时）大旺/大哥！

小　花　（惊呼）大旺！（指沙弥）他是……

大　旺　（指沙弥）他是我失散十年，禅师助阮相认的亲弟弟！

　　　　　〔台内歌：

　　　　　　　　　　（男女声合唱）
　　　　　　　　　　心相牵，情相系，
　　　　　　　　　　喜相会，庆团圆。
　　　　　　　　　　天灾无情人有情，
　　　　　　　　　　恩义长记在心里。

大　旺　（对花）小花，你来乜事？

小　花　我来报呀！禅师与贡元爷一起，走南闯北，化缘捐资献石。
　　　　　如今江边石头，堆成两座大山了！

众　人　（合）大峰禅师为民植福，慈悲济世，功德无量！功德无量！

大　峰　众缘共仰，众志成城！阿弥陀佛！

　　　　　〔众造型。光渐收。
　　　　　〔暗转。
　　　　　〔灯亮。
　　　　　〔幕宾、大鲸、唢呐暗上细探。

大　鲸　（念）天无饿死踢跎仔，
　　　　　　　　大峰医馆走一程。

唢　呐　（念）跟着大鲸为生计，
　　　　　　　　到处暗中听风声。

幕　宾　（念）探明实情再考量，

权衡利弊须淡定。

[三人藏暗处。

[台内曾居士焦急高喊：禅师，大峰禅师！您在哪里？您在
　哪里？慌忙寻觅边喊边上。

[院内众僧闻声匆上与曾面晤。

众　人　（不解）曾监理！您，因何如此慌张？

曾居士　（焦急不安）咳！我，我唔知做呢咋好？

　　　　（唱）昨夜间，才见法师在禅房，

　　　　　　　忙设计，松木钉架装石板。

　　　　　　　手执笔，挥毫谋划建桥计，

　　　　　　　清早时，转眼人走禅房空。

　　　　（白）寺内法坛、大雄宝殿，寻无禅师人影。众善所捐巨资，
　　　　　　　已被禅师随身带走。老朽身为寺院、财务监理，故而
　　　　　　　忧心忡忡！

众　人　（一怔）哦！禅师他，他他他，他哪里去了？（愕然）

[台内歌：

　　　　　　信众乐施行善风，

　　　　　　筹足巨资圆桥梦。

　　　　　　禅师携款知何去？

　　　　　　疑云层生迷雾重重……

大　鲸　（从暗出，狡黠）哈哈！老天不负有心人。想唔到，来得正
　　　　是时候！

唢　呐　（挑动）老大，机会来了，孬放过，看你出工课。

大　鲸　（向内挥手）泥鳅，领弟兄们上来！

[泥鳅领众喽啰，气势汹汹匆上。

泥　鳅　老大，有何吩咐？

大　鲸　把医馆的招牌，给我拆了！

泥　鳅　弟兄们！拆牌！（众喽啰冲上欲拆牌）

[贡元内喊：不准拆牌，不准拆牌！匆上。

贡　元　（拦阻护牌）谁敢拆牌！

鲸、唢　（怒）你是何人，胆敢阻阮拆牌？

曾、沙　（抢答）他就是，捐献宅基、建寺院的大施主，贡元爷！

大　鲸　哦，原来是个有钱人！我劝你！你做你的施主，我拆我的招
　　　　牌。你我，河水不犯井水，老子敢做敢当！（挥手）弟兄们，

爬上去拆牌。

众喽啰　是，把牌子拆了！（众再冲上拆牌）

贡、曾、沙　（齐）大峰医馆，寺院所在，恁等无端拆牌，罪责谁来
　　　　　担载？

大　鲸　我，（挥拳）我大鲸，敢作敢当！

贡　元　（怒斥）你欲拆牌，理从何来？

唢　呐　钱银带在身，欲走唔咽明！（反击）是何道理？是何道理？

众喽啰　是呀！带钱去地块，也着咽清楚！

大　鲸　拆牌就是主持公道！（挥拳）拆牌就是道理！

幕　宾　（忧心旁白）是非曲直费疑猜，拆牌定然事闹大，（沉思）
　　　　我……（思定）还是回闽，弄明是非，再做道理！
　　　　〔暗自离开，下。

贡　元　（一怔）这么！
　　　　（唱）忆往事，法师寸步不离练江边，
　　　　　　　朝夕巡视，下河涉水知深浅。
　　　　　　　潮涨、潮退，他日日夜夜细观察，
　　　　　　　探地质，选墩基，哪里泥泞，哪里红土都知详。
　　　　　　　简居斗室，夜静更阑觅书史。
　　　　　　　建桥筹资，南北两岸行化缘。
　　　　　　　斩松木，作筏装石当桥墩，
　　　　　　　桩桩件件胸中藏。
　　　　　　　法师他，立宏愿，建起大桥跨练江。
　　　　　　　却为何，却为何，携款不辞而去，是何因，是何因？

众　僧　（担忧唱）莫非他心存贪念……

贡　元　（摇头白）他，他，他，他并非贪财之辈！

众　僧　（议论唱）莫非家国多事之秋，
　　　　　　　　　莫非禅寺生变故……

贡　元　（摇头白）他，他，他，撇开政弊勤修持，寺院内外，众缘
　　　　　　　　共仰……

众　僧　（合唱）这，这，这……
　　　　　　　这个中是何因？是何因？

贡　元　（思索决意）罢！罢！罢！
　　　　（唱）眼前事云遮雾障，
　　　　　　　还须设法查细详。

　　　　　　还他个僧人妙行，

　　　　　　还他个功德无量。

　　　　（对曾）（白）曾居士，你与沙弥，到闽地查个明白！向大家
　　　　　　　　说清楚！

大　鲸　　大施主有架势，呾来有道理！看在大施主面上，大峰医馆这
　　　　　　牌子，暂时不拆。（对众喽啰挥手）弟兄们，回去！

众喽啰　　好，回去！

　　　　［大鲸领唢呐、泥鳅及众喽啰下。

　　　　［光渐收。

第四场　　禅寺惊梦

　　　　［幕启。禅寺客厅临窗处，练江在夜幕中依稀可辨。时已三
　　　　　　更，大峰手提牡蛎、松木板，凝望沉思。

大　峰　　（念）携款闽地聘高人，

　　　　　　　　牡蛎固基解迷津。

　　　　　　　　购得糗粮和木石，

　　　　　　　　装船已毕先回程。

　　　　（回忆，白）好一个练江出海口，与洛阳江大桥，何其相似。
　　　　　　　　　　此番实察，解我心结。可是，这建桥立墩、铺
　　　　　　　　　　石板之事，让我匪夷所思哦！

　　　　（唱）数日来，坐禅房，寝食难安。

　　　　　　　建桥墩，选桥基，如何排万难。

　　　　［撩开窗帘，远望练江景观，思绪万千。

　　　　（接唱）练江上，江海交汇，潮涨潮落风和浪。

　　　　　　　　松柏排，量不少，江面宽广水茫茫。

　　　　（伏桌退思）（自语）短石砌墩，矗立大江，怎能安然稳
　　　　卧……（疲倦）咳，此时精疲力竭，不如待我憩息片刻！

　　　　（伏桌昏睡）

　　　　［沙弥捧茶上。

沙　弥　（上念）三更了，师父他，不离禅房。

　　　　　　　　数日来，少茶饭，我心挂牵。

　　　　　　　　俺这里，欲把清茶送。（走至禅房发现）师父已熟
　　　　　　　　睡。也罢，还是不要叫醒他。（暂下）

　　　〔一团白色烟雾缭绕。大峰入梦乡。

　　　〔慧英在烟雾迷蒙中上。

慧　英　（念）举步匆忙到桥边，

　　　　　　　欲与郎君来相见。

　　　　（白）师爷说，灵噩我夫，已回闽地，此时就在洛阳江边。
　　　　　　　故而老身前来古亭，与他相会。（登亭发现）哎咋，官
　　　　　　　人他，他，他！疲惫不堪和衣而睡。若是受凉，那还
　　　　　　　了得，如何是好么？（思索）噢，是了，不免待我，解
　　　　　　　下身上斗篷，为他暖身吧！

　　　〔怕惊醒，几次未遂，不慎斗篷掉落，大峰醒，两人相会。

大　峰　慧英……夫人！

慧　英　灵噩……官人！

大　峰　（深情相视）夫人！看您满脸，皱纹平添！皱纹平添啊！

慧　英　（深情相视）官人！你的须，白如银丝！白如银丝呀！

大　峰　（深情）夫——人。

慧　英　（爱怜）官——人。

　　　〔两人相视相依而泣。

　　　〔幕后伴唱：

　　　　　　　　　　缱绻情丝意绵绵，

　　　　　　　　　　忧患与共心相连。

　　　　　　　　　　天下兴亡夫有责，

　　　　　　　　　　别后十载长思念。

峰、英　（伤心，同时）十年，十年了……

慧　英　（唱）暧夫唅，官人呀！

　　　　　　　你岂知，

　　　　　　　十年来，你身飘荡雾迷离。

　　　　　　　我情难舍，魂断梦残，苦盼待，

　　　　　　　日日夜夜，思君，盼君，君不见。

　　　　　　　慧英我，柔肠寸断，泪湿襟衣。

　　　　　　　才落得，满脸皱纹，皱纹平添。

容颜改，心悲凄，肝肠欲裂。

（悲怨，白）官人、你，你把夫妻之情忘了，忘了呀！

大　峰　（走近英深情、轻声）夫——人！

（唱）夫妻情义长记心间，

两地相思情相牵。

灵噩身虽空门为异客，

哪会忘却，忘却旧时光。

（念）夫人知书达理，不愧将门后裔。

若非夫人深明大义，灵噩焉能出家为僧。

慧　英　（难言）噢！这出家为僧么……

（唱）只因为，朝无正人，将帅心不齐。

将不和，分崩离析，怎能御外夷。

官人您，胸中虽有护国志，

孤臣赤子何以护纲纪。

大　峰　（悲愤）为夫并非，贪生怕死之辈！生为臣子，难忠君国，面对百姓，生灵涂炭，我，我心痛，心痛难忍呀！

慧　英　（义愤）知夫莫若妻，妾身助您出家为僧。谁料这一去，已过十年……

大　峰　（回首伤心）是呀！日月如梭，光阴似箭，十年过去了！

（唱）旧时光，如箭离弦。

两茫茫，鬓已苍。

慧　英　（唱）离别苦，心悲凄。

诉别离，情依依。

大　峰　（唱）两分离，盼相见。

喜相会，难长伴。

慧　英　（一怔）官人，你，你莫非匆匆而来，又要匆匆而去么……

大　峰　（为难）这么……（深情）夫人呀！

（唱）您怜我，半生壮愿难偿，

您为我，十载苦守无怨言。

慧　英　（唱）助夫志，慈悲济世义不辞。

盼夫郎，利乐有情行布施。

大　峰　（唱）灵噩我，护国为民记心间，

如磐石，矢志为民解倒悬。

夫人哙，请谅情，忠义难两全。

难长伴，船装完毕即回还。

慧　英　（不解）官人，为何如此匆忙？

大　峰　为夫单枪匹马，身携巨款，不告而来。

慧　英　单身无伴，不告而来却是为何？

大　峰　纷乱时势，无人知晓，此为万全之策。

慧　英　人言可畏，岂无非议？

大　峰　心无贪念，树正不怕月影斜！

慧　英　（认同）君子坦荡荡，小人长戚戚，倒也说得。未知官人此
　　　　番回闽，有何重任？

大　峰　聘高人学海港，植牡蛎，破解心结迷离。糗粮木石装船毕，
　　　　扬帆起航回寺院。

慧　英　哦，原来如此。官人垂老托钵，若非乘愿，再来菩萨，十载
　　　　苦行，门槛难跨。官人您！
　　　　（唱）续悲愿僧人妙行，
　　　　　　　度善信利乐有情。
　　　　　　　冷言非语无所惧，
　　　　　　　砥砺前行救苍生，
　　　　　　　建桥梦福国利民。

大　峰　夫人言重了，为夫不敢妄想，为民植福消灾，僧人天职所
　　　　在。只是诚聘建桥专业工匠之事，尚待定夺。建桥如领兵，
　　　　粮草还须先行。

慧　英　官人呀！
　　　　（唱）妻虽不知般若深，
　　　　　　　缘起归空性乃真。
　　　　　　　有缘终能再相会，
　　　　　　　留得他日与君陈。
　　　　（白）官人既已入佛，戒德庄严，为妻心中自分明。未知夫
　　　　　　君，何时起程？

　　　　〔曾居士内声：大峰禅师，石板糗粮，装船完毕了！

大　峰　夫人，您听，曾居士护航待归，就要启程了！

慧　英　哦……就要启程了么……（思索）如此，也罢！（掏出聘书）
　　　　官人，您看！

大　峰　（接书，惊叹）哦！聘书！（翻开阅）释定慧！（对英）妻
　　　　呀！你岂知释定慧何许人氏？

慧　英　（胸有成竹）海港大桥建桥总监。这聘书，是你送到他家的！

大　峰　（感动）何人陪工匠前往？

慧　英　幕宾他，已悔过自新，回头彼岸，甘愿陪工匠前往，近日即
　　　　可启程！

大　峰　（感激）多谢夫人为我想得周全！

　　　　［台内鼓响五更。

峰、英　（一怔）哦，五更，五更了！

　　　　［幕后歌：

　　　　　　　人惊怔，

　　　　　　　心不宁。

　　　　　　　何日君再来，

　　　　　　　伴君共叙家国情……

慧　英　（依依不舍）官人，为妻，为妻！（不忍分离）为妻去也！
　　　　（回首慢下）

大　峰　（追上）夫人，莫走！夫人莫走呀！（愕然）

　　　　［大峰酣梦未醒。

　　　　［屏幕上出现从天而降的灵母石，如蛟龙出海，沿江漂浮，
　　　　纷纷漂入桥基。江面上，瞬间矗立起一座座桥墩。

　　　　［幕后歌：

　　　　　　　灵母石如龙出海漂江河。

　　　　　　　练江上，桥墩立起一座座……

　　　　［梦中的大峰见此情景，心潮澎湃，激情满怀。

大　峰　（喜）哦，灵母石，镇河之宝，如蛟龙出海，源源不断，沿
　　　　江漂入墩内！

　　　　（惊叹）哎呀呀！一座座，一座座桥墩，立起来了！（沉浸
　　　　梦中）

　　　　［大鲸、唢呐心怀不轨，跨墙入寺院暗探。

大　鲸　（蹾足）人已返蚝坪，做呢无声又无影。

唢　呐　（探窗挥手）大鲸，你看，大峰伊——

大　鲸　（发现）噢！原来睡在这。

唢　呐　带钱去，空脚白手来，心虚理亏唔敢出来行。（附鲸耳）我
　　　　看呀，绝后患，保俺财路，一石二鸟，将松木排烧了。（挑
　　　　唆）先下手为强，慢下手遭殃！

大　鲸　不错！火唔烧山地不肥，人无作恶无人畏！（示意）唢呐，

你与泥鳅领弟兄们，到后院点火，把松柏排烧了！

　　［唢呐向藏在寺墙内的泥鳅一伙挥手。众喽啰手提油箱蹑足上。

唢　呐　（对泥）泥鳅，你领弟兄们，快到后院点火，将松柏排烧了！

泥　鳅　我知！（示意众）快到后院点火，将松柏排烧了！

众喽啰　（齐）阮知！

　　［大鲸、唢呐、泥鳅领众喽啰过场。

　　［屏幕上飘来数朵祥云，七位仙女喜洋洋上。继而观音菩萨现云端。

七仙女　（唱）转朱阁，绕回栏。

　　　　　　　离仙界，到人间。

七仙女　（姐）妹妹！恁看！人间如此热闹，在做什么？

七仙女　（妹）大姐！这人间，在运石建桥！

七仙女　（姐）（惊叹）噢！工程如此浩大，堪比天界！

大　峰　（发现）哦，是七圣娘（喜极）！天界神仙也来了！

七仙女　（翩翩起舞唱）十六桥孔跨练江，

　　　　　　　　　　人天共奋豪情添。

　　　　　　　　　　喜看人间勤劳作，

　　　　　　　　　　但愿千里共婵娟。

　　［观音手提净瓶，站立云端。

观　音　（对七仙女）今日大峰有难，恁等速速前往寺院，助他熄火去吧！

七仙女　观音菩萨，阮等立即前往！立云端为松木排熄火。

　　［大峰目送七仙女立云端为松木排熄火。

　　［台内高喊：救火！救火呀！

　　［大峰梦中惊醒，一团白烟消散。台内火光冲天，救火声此起彼伏。

　　［台内沙弥边喊师父、师父，边上。

沙　弥　（焦急）不好了，师父！有人放火，火烧松木排！

大　峰　（惊醒）哎咋，火烧松木排！（对沙弥）沙弥，快快敲钟，僧分二路，救火抓捕，同时并进，不得有误！

沙　弥　是！（高喊）师兄，敲钟！敲钟！快快，抓捕纵火之人！

　　［钟声响，灵泉寺众僧人与大鲸、唢呐及众喽啰互相厮打，格斗场面十分激烈。

［泥鳅及众喽啰，在搏斗中落败，仓皇逃脱。大鲸、唢呐难敌众僧，束手就擒。

大　峰　（怒责）恁等聚众，火烧松木排，纵火有罪，难道不怕治罪么？

唢　呐　治罪？我看，治罪的不是阮！

大　鲸　哼哼，哈哈！治罪？我看有罪的，不是阮！

大　峰　该谁有罪？

鲸、唢　（同时）是你！

大　峰　罪从何来？你讲！

唢　呐　（不服）哦，欲我呾！好，我说，我说。

　　　　（念）�``了众施主钱财，

　　　　　　　一去悠悠不回来。

大　鲸　（严斥）对！我问你！

　　　　（念）钱往哪里去？

　　　　　　　如何来交代！

［台内响起震耳海螺声，声震长空。

［台内众乡民善信高喊：大峰禅师船队回来了！大峰禅师船队回来了！

［曾居士、幕宾偕释定慧，风尘仆仆上。

曾居士　（念）船队已到码头，

　　　　　　　速报禅师知道。

［小花等一众兴高采烈上，涌向曾居士，同进寺院。

曾居士　拜见禅师，船队回来了！

大　峰　好呀！糗粮木石运回来，建桥大愿，指日可待。（对曾）曾居士，你领船队回来，一路辛苦了！

曾居士　禅师重托，阮等不敢怠慢。禅师往返跋涉，日夜兼程，比阮更加辛苦！

众善信　（齐）禅师、曾居士一路辛苦了！

唢　呐　（惊慌旁白）害害害，糗粮木石到蚝坪，叫我胆战心又惊！

大　鲸　（惊慌旁白）糟糟糟，建桥物资到，火烧木排有罪，叫我抬不起头！

小　花　（发现大鲸见状一怔）爹爹！你……

沙　弥　你爹带人进后院，火烧松木排！

曾居士　火烧松木排，阻断善信，建桥大愿。聚众纵火，罪难容宽！

小　花　（惊、责）爹爹……你……

大　鲸　（惊恐）女儿！你爹……（羞悔）咳！我……

小　花　（悲愤）爹……爹爹！你，你呀！

　　　　（唱）慈母早丧，儿是爹亲养。

　　　　　　　难忘生我养我的亲爹娘。

　　　　　　　去年练江闹水灾，

　　　　　　　女儿不幸瘟疫染，

　　　　　　　生命垂危，一息奄奄，

　　　　　　　若非禅师施药将我救，

　　　　　　　女儿早已不在人世间。

　　　　　　　禅师唅，恩公呀！（霍然下跪）

　　　　　　　您如再造亲爹娘，

　　　　　　　小花终生难忘却，（扑跪到峰前）

　　　　　　　此恩此德当报偿。

小　花　（扑跪鲸前）爹爹你，你怎能，好了伤疤忘了痛，如此所为，
　　　　岂不成了，负义之人！

大　鲸　（内疚扶花起）女儿……我，我不是人呀！（自打嘴巴）
　　　　（对花）我……我不该如此所为！我……我对不起禅师！对
　　　　不起众人呀！

　　　　［台内高喊：大施主贡元先生到！大旺手抱小男孩偕贡元上。

大　峰　（迎上）大施主到来，老衲有失远迎了！

贡　元　（恭敬）岂敢，岂敢，禅师言重了！贡元欣闻禅师船队回来，
　　　　特来道喜！

大　峰　多谢施主厚爱，阿弥陀佛！

贡　元　（指旺手上小童）禅师，您看！大旺手上，所抱何人？

大　峰　（装懵）老衲实难知详，请大施主明讲！

贡　元　（对峰）大旺！小婴儿往事，你如实，给禅师讲来！

大　旺　好，我说，我讲，禅师呀！

　　　　（敲板）曾居士，将他寄养我家里。

　　　　　　　小童儿，不知生父何名字，

　　　　　　　只知他，江中旋涡桶中儿。

　　　　　　　禅师他，危难施援手，

　　　　　　　小婴儿方能活人世。

贡　元　（惊奇）哦，旋涡里的桶中婴儿！

曾、沙　（同时）禅师/师父！这小婴儿，是您从江中，旋涡里救起，桶中小小婴儿！

唢　呐　（疑、自语）江中旋涡！木桶里婴儿……（忆、悟）哦，莫非我儿他，他，他，他还活在人世?!

贡　元　小婴儿，已长成，贡元为他常寻亲……

唢　呐　（抢问）大施主，岂有觅到？

贡　元　太残忍，无人来相认！

唢　呐　（悲喜）大施主，莫非他，正是我的儿！

贡　元　（惊奇）哦，你的儿？（追问）有何凭证？

唢　呐　胸前有两颗红痣！

众　人　（意外惊奇）他的儿？胸前有两颗红痣！

　　　　〔大旺拉开小儿衣衫，露出胸前红痣。

大　旺　不错，小婴儿，胸前有两颗红痣！

唢　呐　（冲上抱住）儿！我的儿……

　　　　（悲伤，念）儿呀儿，没想到，你还活在人世……

　　　　〔大鲸受触动，羞悔莫及，见此情景，痛心疾首。

唢　呐　　　　　　　禅师！
大　鲸　（同声）　　　　　　（霍然下跪）
　　　　　　　　　恩人呀！

　　　　（齐唱）我不该，医馆闹事拆招牌，
　　　　　　　　我不该，火烧桥墩松木排。
　　　　　　　　求禅师，来宽恕，愿做牛和马，（扑跪峰前）
　　　　　　　　从今后，重做人，唔敢四散来。

唢、鲸　（齐声）求禅师宽恕，阮两人，愿戴罪立功！

贡　元　（对峰）禅师，如此狂徒，利欲熏心，送官究办，以儆效尤！

众　人　对！（齐声怒）狂徒以怨报德，求禅师将他两人送官究办！

曾、沙　（齐声）贡元爷说得好！送官究办，以警后人！

小　花　（跪下）求禅师宽恕，让他两人，戴罪立功吧！

大　峰　也罢！出家人慈悲为怀，既有赎罪大愿，恁等须欲言行必果！

鲸、唢　阮知！谢禅师宽容！阮等说到做到！

　　　　〔光渐收。

第五场　筑梦续愿

　　［字幕打出：南宋建炎丁未。初春，晨曦初露。

　　［屏幕上，景现蚝坪渡口，木棉花开，桥墩雄姿初露。

　　［幕启。抱病督战的大峰，满怀心事，望江沉思。

大　峰　（白）这练江呀！

　　　　（念）江海交汇风和浪，

　　　　　　　浪击江舟桥墩崩！

　　　　（唱）忆昔日船沉墩崩，

　　　　　　　难忘众善心忧烦。

　　　　　　　诽声四起心意冷，

　　　　　　　徒添挂牵思无端。

　　　　　　　（天边一阵惊雷，风狂雨骤）

　　　　　　　猛听得……

　　　　　　　佛祖长空将我唤，

　　　　　　　难关面前莫彷徨。

　　　　　　　昨夜里，高人释定慧，

　　　　　　　同我商议在禅房。

　　　　　　　莫嗟叹，莫彷徨，

　　　　　　　前车之辙后车鉴。

　　　　　　　狮尾山，设坛祷上苍，

　　　　　　　赤地龟裂水源断。

　　　　　　　天赐良机河水干，

　　　　　　　借戎机，桥墩立大江。

　　　　　　　此时植牡蛎，难关易过，

　　　　　　　大旱过后有风浪，

　　　　　　　再植牡蛎难上难。

　　　　　　　安装石板万斤重，

　　　　　　　水茫茫，如何解危难？

　　　　　　　桩桩件件挂心间。

　　　　［台内传来潮水涨落声。释定慧暗上。

大　峰　（闻声）哦，潮起潮落之声！（沉思）江海交汇，初三涝，十
　　　　八水，潮起潮落……

释定慧　（接口）潮起潮落，水位有高低。

大　峰　（悟、喜）噢，是了，他山之石，可以攻玉。

峰、慧　（同时）借潮涨潮落浮力，水位落差。将石板安上桥墩，何
　　　　难之有！何难之有呀！哈，哈，哈！
　　　　〔大峰顿觉头昏眼花，步履蹒跚。慧扶峰。

沙　弥　（上，发现）师父，你！（扶峰）师父，你累了，回寺歇
　　　　息吧！

大　峰　（强忍）合龙就在今天，唢呐、大鲸载石板，船未回来，为
　　　　师放心不下。

释定慧　禅师！大鲸、唢呐他们船未回来，俺到亭内歇息吧！

大　峰　也罢。（释定慧、沙弥、大峰同下）
　　　　〔大鲸、唢呐、泥鳅划着装满石板、牡蛎船只，你追我赶上。

唢、泥　（划船上，唱）赶退潮，把船摇，
　　　　　　　　　　月落鸡啼上岛礁。
　　　　　　　　　　齐心合力采牡蛎，
　　　　　　　　　　满载回归乐逍遥。
　　　　〔风生浪起，船迎风浪向前。

大　鲸　（划船上，唱）禅师命我运石条，
　　　　　　　　　　时间紧逼我心焦。
　　　　　　　　　　欲借潮涨安石板，
　　　　　　　　　　桥墩相通连成桥。
　　　　（对唢、泥）唢呐呀！我在前面撑！

唢、泥　（对大鲸）大鲸呤，阮在后面追！

鲸、唢、泥　（合唱）潮起潮落波浪生，
　　　　　　　　　　你追我赶到蚝坪。
　　　　　　　　　　禅师面前誓大愿，
　　　　　　　　　　将功抵过重做人。

唢　呐　大鲸，禅师欲俺水下种牡蛎个事，你想好未？

大　鲸　在禅师面前，发誓戴罪立功，将功抵过。禅师欲俺想办法水
　　　　下种牡蛎，想是想过，唔知泥鳅有乜工课。

泥　鳅　抛网捕鱼，鱼闯网，好比泥鳅穿沙洞。用麻绳缚牡蛎，蜘蛛

耕丝。

大　鲸　（抢接）用麻绳缚牡蛎，蜘蛛耕丝。

鲸、泥　对！（不约而同）麻绳缚牡蛎，好比蜘蛛耕丝。

唢　呐　（悟）麻绳缚牡蛎，好比蜘蛛耕丝。（喜）好，妙！恁两人有
　　　　工课，俺在禅师面前，发誓欲戴罪立功，将功抵过，唔是说
　　　　空话。

三　人　（齐声）戴罪立功，将功抵过，唔是说空话，哈哈哈！
　　　　〔台内响起大船到岸海螺声。
　　　　〔船靠岸。抛锚上码头。
　　　　〔大峰、释定慧、沙弥从亭内出。

鲸、唢、泥　（齐）叩见禅师！石板、牡蛎运回来了！

大　峰　好呀！船既回来，这水下植牡蛎难关，恁等有何妙策？

大　鲸　阮兄弟三人，已商量过，麻绳缚牡蛎，好比蜘蛛耕丝。
　　　　（三人同时用手比画）可如此如此！（对峰）禅师！您看
　　　　岂好？

释定慧　蜘蛛耕丝、牡蛎固基，说得有理！

大　峰　（喜）不错！麻绳缚牡蛎，好比蜘蛛耕丝，此法甚妙。如此，
　　　　恁等可暂且歇息，听候吩咐！

鲸、唢、泥　是！（齐）多谢禅师！（划船下）

大　峰　万事俱备，大桥合龙，正当其时。只是，两岸桥墩，后续之
　　　　事如何处置么……（思索悟）噢，是了！（对沙）沙弥，有
　　　　请大施主，前来商议！

沙　弥　是！（对内）有请大施主！
　　　　〔台内高喊：大施主驾到，大施主驾到呀！
　　　　〔蔡贡元偕曾居士、幕宾同上。

沙　弥　师父，大施主驾到。

大　峰　（喜）迎接！

贡　元　（上念）禅师宏愿播法音，
　　　　　　　　一顿蒲团忘古今。
　　　　　　　　应效禅师行善举，
　　　　　　　　利乐有情护蚝坪。

大　峰　（迎上）大施主驾到，老衲有失远迎了！

贡　元　言重了，贡元担当不起。未知禅师有何教谕？

157

大　峰　大桥合龙，凡所施为，精进不息，只是，尚有后续待建之事……

贡　元　有何未竟之事，请禅师明告。

大　峰　这未竟之事么……（顿时胸痛几欲昏厥）

贡　元　（慌忙扶住）禅师您……

大　峰　（捂胸）老衲一时胸痛难忍！

曾、慧、沙　（焦急同时）禅师／师父！您！（搀扶）

贡　元　禅师，回寺歇息！

释定慧　是呀，禅师！还是回寺歇息吧！

大　峰　（强忍）小恙何妨，我尚能挺住！（对蔡）大施主！

贡　元　禅师！

大　峰　大施主听道！

贡　元　善信恭聆教谕！

大　峰　（唱）千秋大业事非轻，
　　　　　　　南北桥墩未完成。
　　　　　　　老衲弥留时日少，
　　　　　　　未竟续建待玉成。

贡　元　（唱）禅师您菩萨心肠，
　　　　　　　行悲愿转种福田。
　　　　　　　两岸桥墩再续建，
　　　　　　　贡元我喜善乐捐。

大　峰　（喜极）阿弥陀佛，善哉，善哉！

贡　元　禅师玉体欠安，大桥合龙之事，还是另择吉日吧！

大　峰　不，事不宜迟，不可坐失良机！（对慧）释定慧，你领船队，奔赴主桥孔下待命！

释定慧　是！（下）

大　峰　（对沙弥）沙弥，师爷，你领众僧桥墩之上，听候吩咐！

沙、幕　是！（下）

贡　元　（自荐请命）禅师，贡元亲领善信、乡民上阵！

大　峰　（兴奋）好呀！各路人马，出发上阵！
　　　　　［台内传：各路人马，出发上阵！
　　　　　［台内歌：
　　　　　　　　　　心如潮翻迎朝阳，

大桥合龙在今天。

　　[大峰、贡元站在码头高处，喜乐洋洋。

　　[释定慧肩背绳索领曾居士、众僧、乡善兴高采烈上。

释定慧　（到峰、贡前）恭喜禅师！贺喜大施主！大桥合龙，南来北
　　　　　往，从此变通途！

峰、贡　哈哈哈！（齐唱）练江南北今相连，（台内帮唱）蚝坪百姓喜
　　　　洋洋。（台内帮唱）

众乡民、善信　（上唱）抬着木排砌桥墩，
　　　　　　　　　　　你挑我携把石献。

　　[歌声中，释定慧领众乡民、善信扛着石头、松木排兴高采
　　　烈过场。

沙弥、众僧　（上唱）肩挂绳索向前走，你追我赶心欢畅。

　　[歌声中，沙弥领众僧肩挂绳索雄赳赳过场。

　　[大旺、小花肩扛灵母石，汗流浃背喜洋洋上。

大　旺　（关心）小花，石头硬，你肩头软，能顶什么？

小　花　俺个苦和累，比大峰禅师差远哎！

大　旺　是呀！禅师心怀家国，有志难伸，辞官入佛，建桥续愿，造
　　　　福蚝坪百姓。

小　花　（感动）禅师年过八十，尚有如此雄心壮志，实在可敬！
　　　　（唱）禅师胸有无尽愿，
　　　　　　　心怀报国一寸丹。

大　旺　（唱）敢效禅师扬正气，
　　　　　　　护国为民永不忘。

旺、花　（合唱）敢效禅师行大愿，
　　　　　　　　千秋基业同心建。

　　　　（白）走！合龙去！

　　[暗转。

　　[光亮。大桥主孔两桥墩雄姿矗立江中。

　　[鲸、泥、唢运石板船迎风破浪上。

　　[曾、慧、沙领众僧人肩背绳索上，站在码头上，将绳抛给
　　　鲸，拴住大船。

大　峰　（严肃）各路人马听着，合龙开始！

　　[台内传：合龙开始！

［练江中，响彻雄壮高亢激越的歌声。众僧手挽石船绳索，
　在舞台上，用舞蹈动作代替现实操控大船，随潮水涨落，
　正位姿势。

［小花、大旺、众乡民、善信助阵。

曾居士　（唱）大桥合龙尽欢声，

沙　弥　（唱）你拉我挽乐盈盈。

花、旺　好呀！潮水涨了呀！

释定慧　（唱）潮涨船高要正位，

贡　元　（唱）等待潮落合龙令。

花、旺　哎哟，潮水落了呀！

大　峰　（下令）石板定位，大船离开！

贡、峰　（兴奋）好呀！石板正位，合龙成功了呀！

［台内传：石板正位，合龙成功了呀！人声鼎沸，欢声四起。

［屏幕上出现和平桥十六桥孔贯通雄姿，金光闪闪。

　众（舞台内外合唱）：大桥洗尽百姓忧，千家万户笑点头。

　（重句）

［光渐收。

［追光，聚光大峰、贡元、释定慧。

尾声　御赐谥封

［禅寺内。守护大峰身边的长老、僧人，正为禅师安危担忧
　奔忙，气氛十分紧张。

［善信小花手捧鲜花和大旺、老姆到禅寺探望。

［曾居士、沙弥手捧药汤为大峰送药。

［释定慧、长老偕数僧人神情凝滞，心情沉重上。

曾居士　　　　　长老！
　　　　（迎上）　　　　他，胸闷绞痛，病情岂有好转？
沙　弥　　　　　师父！

长　老　（悲痛）禅师他……他，他，他！昏倒床上，圆寂归天了！

曾居士	（悲极高呼）	禅师！
沙　弥		师父！（药碗落地）

姆、旺、花　（跪下泪落高呼）阿公！

　　　　　［台内雷鸣电闪。众僧高喊：大峰禅师，圆寂归天！大峰禅
　　　　　　师圆寂归天！

　　　　　［台内歌：

　　　　　　　　　　一顿蒲团，忘却古今。

　　　　　　　　　　人天虽隔，四海同钦。

　　　　　［歌声十分悲壮。众人声泪俱下。

　　　　　［切光，灯暗。

　　　　　［苏锣三声。

画外音　大峰禅师，善门始祖，佛教高僧。终其一生，踌躇满志，爱
　　　　国爱民。建医馆、施医赠药，怜念贫病。募化建桥，弘法利
　　　　生。众缘共仰，感动朝廷。潮阳知县王三重，奏疏禅师，卓
　　　　著功勋，帝即恩准敕赐。怎听，朝廷御赐圣旨来了！

　　　　　［灯亮。

　　　　　［台内高喊：圣旨到！

王三重　（率沙、曾、长者及众僧上）迎接圣旨！

　　　　　［奏响宫廷仪规鼓乐。太监领御役上。

　　　　　［鼓乐声中，朝廷御役抬着"忠国大师""灵泉护国禅寺"
　　　　　　牌匾，威风凛凛上。

太　监　（领御役上）潮阳县令，王三重接旨！

王三重　（跪下）臣，王三重领旨！

太　监　（宣读圣旨）奉天承运，天子诏曰，大峰建桥有功，谥封
　　　　"忠国大师"。大峰卓锡寺院，御赐"灵泉护国禅寺"。钦此。

王三重　谢主隆恩！吾主万岁，万岁，万万岁！（众僧助王三重接匾）

　　　　　［屏幕上出现大峰禅师圣像。

众　人　（台内外合唱）"忠国大师"朝廷谥封，

　　　　　　　　　　　　爱国为民桥见真容。

　　　　　　　　　　　　施檀植福众缘共仰，

　　　　　　　　　　　　高僧慈范佛史称雄。

　　　　　　　　　　　　"护国禅寺"名垂青史。

　　　　　　　　　　　　"大峰传奇"千秋传颂。（重句）

〔歌声中，王三重领诸长老向大峰禅师膜拜后向观众谢礼；头陀领法演、贡元、幕宾；曾居士领沙弥、小花、大旺、老姆；七仙女从云间轻飘而来，向大峰禅师膜拜后向观众谢礼；其他演员逐次上，向观众谢礼。

〔众造型、谢幕。

〔剧终。

记忆在岁月深处

已届耄耋之年的浩展兄，继《心灯摇曳》后又一力作《兰芷剧集》面世了。

前期出版的《心灯摇曳》收集了他自20世纪70年代以来的诗歌、散文、小说、话剧、潮剧等作品，这次编入《兰芷剧集》的有荣获首届全国戏剧文化奖·大型剧本铜奖的历史潮剧《风雨红头船》，有荣获广东省剧协、广东省潮剧发展与改革基金会潮剧剧本征稿铜奖的独幕古装潮剧《神医与神探》，还有合创新编的潮剧《风云汇路》《大峰传》。这些剧作充满家国情怀，集慈善文化、旅游文化、地方文化于一体，是一首气势磅礴的爱国主义赞歌。潮剧《大峰传》目前正由潮阳潮剧团策划排演。

如果说《心灯摇曳》一书的出版，是作者陈浩展在文学艺坛上崭露头角的体现，那么如今《兰芷剧集》的出版，则表明陈浩展是一位十分成熟和老练的业余戏剧名作家。

在各种文学体裁中，剧本是最难写好的，因为戏剧深受舞台和空间的限制。潮剧是通过角色的唱、念、做、打演出来的，既要揭示剧中人物的行为和内心世界，又要发展剧情使故事表达完整，这就需要作者具备专门的艺术手法并不断探索提升。

作者陈浩展从风华正茂到垂暮之年孜孜不倦地从事写作，又特别钟爱戏剧剧本创作,且屡出佳作、屡出著述。有人认为他大器晚成,余却以为没有其青少年时的勤学苦练、没有其壮年时的坎坷磨炼、没有其老年时的伏枥奋志,岂能有其晚成之大器耶!

忆往昔峥嵘岁月稠。作者陈浩展乃吾之宗兄,他长余六岁,视余为同胞手足,我俩自童稚时即相交甚笃。儿时,常在池边谈笑、沿街"走唱";去邻村看人做"纸影";看游神、庙会"赛戏""斗戏"。追忆岁月深处的往事,我想,这或许是浩展兄钟情写戏的初心吧!

后来,我上大学,他因家庭经济原因到汕头务工,我俩各奔前程。大学毕业后,我由组织分配到潮州市委办公室工作。他调进红阳区生产办公室。他天资聪颖、勤奋好学,中学时已是校报编辑部的"文士笔手",到青年时期已有相当高的文学素养。其时,他被红阳区宣传部借调为"编外"编剧。他告诉我,这其中还有一段趣事:"时任区宣传部部长的林松同志,听人说我会写剧,于是亲自给我写'条子',又亲自向时任生产办主任杨槎同志协商调动之事,未被杨主任接纳,于是林部长要我业余支持编剧。业余创作是我内心的渴慕,我欣然接受。就这样忙里'偷闲',当上了'编外'编剧。那时,我刚好在区生产办负责整顿街道工业,手中握有杉排街道不起眼的微型生产组。工匠们巧借挖地洞藏齿轮,用马达拉动,将小小机床安在地上,完成7.5米直径的大钢轮加工车削。小小生产组解决大企业无法解决的大难题。我将这题材写成独幕小潮剧《巨轮飞转》,得到时任汕头市文化局连裕彬副局长的青睐。连局长还向广东潮剧院借来名演员秦老师为《巨轮飞转》排戏。该剧后来参加全市文艺会演,获评优秀剧目奖。"

不久,红阳区政府派他参加组织"三县一市"宝坑采煤连。回来后他又新编一部五场现代潮剧《夺煤赞》。他带剧本参加广东省在韩山师范学院举办的创作学习班,后剧本在红阳潮剧团巡回演出。受区宣传部之召，他与林鹏洲先生合创了古装潮剧《风雨媒》。

水流有痕，夫行有迹，这些看似"过时"的足迹，却是他人生岁月的留痕。他从早年忙里"偷闲"，挑灯写戏，到了近黄昏的岁月，半个多世纪一直坚持业余创作。这次出版的《兰芷剧集》，其中写侨乡、侨眷的地方历史题材占了一半。看着华侨华人先民们被迫背井离乡的惨痛史实，又看着华侨华人先民们浴血奋战开辟东兴汇路的壮举，我想起浩展兄这侨眷家的苦难侨史：岳父、家嫂因印度尼西亚反华、排华流入马来西亚，后逃往新加坡；庵埠胞兄之女嫁到亭下乡，为生活所逼出走，客死南洋。选择这些地方历史题材，情系三千万潮侨赤子心，有利于揭示史实和社会生活的深刻意义。

或许《兰芷剧集》还算不上鸿篇巨制，然而作为一名无缘高等教育的农家子弟，其所付出的心力、心血难以想象。由此观之，《兰芷剧集》正是浩展兄超乎常人的发愤之作！许群先生说得好：晚年的余热，更使你倍发光彩，朝花夕拾依恋着家乡的山水，披肩挂佩的兰芷又再度盛开！

我想年届耄耋的浩展兄，定然不会停笔。正如浩展兄所说"人生如戏，戏如人生"，像浩展兄的这种人生经历，只要用文字如实记录下来，就是一部十分生动、十分精彩、十分感人，能给人以启迪、激励、鞭策的好戏文。

我为《兰芷剧集》的出版欢呼、喝彩！我更为浩展兄的精彩人生欢呼、喝彩！

陈浩文[①]

2019 年 12 月

---

① 陈浩文，潮州市委原副书记、潮州市副市长、潮州市人大副主任，现为广东省潮剧改革与发展基金会名誉会长。

跋 二

汗湿尘衣润夕阳

《兰芷剧集》即将面世了。这些剧作品，只是忠实地记录，静静地述说；这些地方题材，代表着地方的历史与渊源，渗透着个人的历史和家史；这些软性的写作，叙事怀人；这些国事、家事、社会事，原来一直潜伏着，埋藏在深深的岁月里。我将它们写成剧本汇编成书，意在助我不忘乡愁，修正自身，启蒙教育自家子孙。

《兰芷剧集》得以成书，我由衷地感谢"和平宋大峰福利会""汕头市公益基金会""潮汕历史文化研究中心"各位领导的关爱和支持；向为《兰芷剧集》撰序、跋的钟展南副市长、陈浩文副书记、张泽华部长、王炜中理事长等诸位领导致以崇高的敬意；向为《兰芷剧集》设计、题签、赠画、献像、写贺诗的陈政明院长、林初发老师、郑冠明科长、许群总经理、洪介辉副主任、叶海伦处长、曾光老师、吴俊明老师等诸艺坛贤达师友表示衷心谢意；向为新书出版而辛勤付出的暨南大学出版社诸位领导、老师表示由衷的感谢；向我的启蒙恩师——揭阳市文联原副主席、揭阳市潮剧团团长陈鸿辉老师致以崇高敬礼！

鉴于本人学力、才力浅薄，本书难免存在缺点，祈请广大艺坛师友海涵！同时，为臻完善，恳请戏剧界老前辈、专家、学者指点迷津！

陈浩展

2019 年 12 月

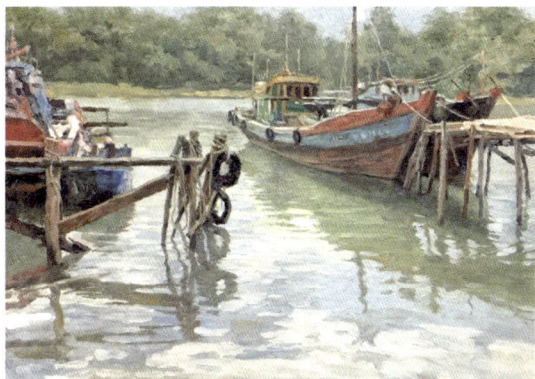

樟林古港红头船蓄势待发

曾光

　　汕头市美术家协会会员、汕头油画院画师、知名油画家。其作品《春满海港》《史海回眸》等油画作品曾参加油画界会展，擅长人物画。《风雨红头船》荣获全国戏剧文化奖大型剧本铜奖，曾光特作画致贺。

盼——侨眷的乡愁

樟林古港新兴街旧址

叶国伦

　　笔名"海子"，汕头市美工委副主任兼秘书长，汕头市书法协会会员。书画作品多次参加展览，已出版《海子书画作品集》并举办个人书画展。闻《兰芷剧集》出版特题赠书画。

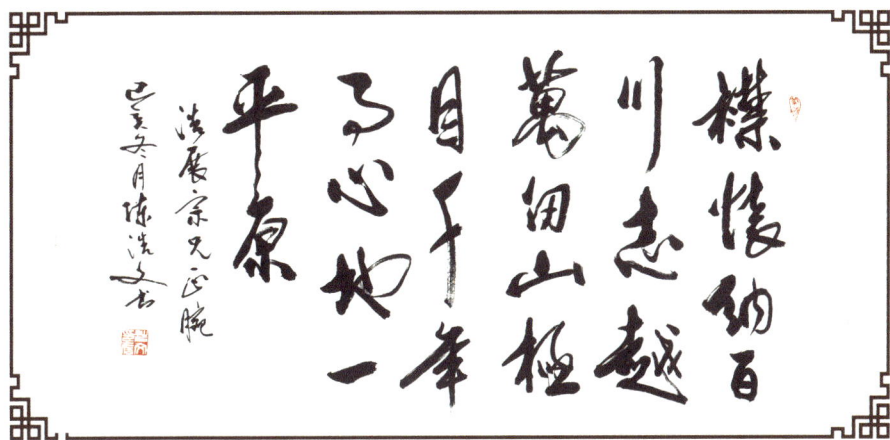

样怀纳百川志越万仞山极目千年不变地一平原

戊辰宗兄正腕
己亥冬月陈浩文书

贺《兰芷剧集》出版
己亥秋浩文

陈浩文副市长、吴俊明先生为
《兰芷剧集》出版题赠书画。

"无情岁月催人老,有情文心发新芽。"虽到了黄昏岁月,我仍为情所动,执着追求,与一帮艺坛好友,携手汕头市老年大学潮曲合唱班,组建了汕头市商业协会潮艺团。办业余剧团,看似偶然,实则必然,情随缘生,缘随遇起,最终成了我人生如戏的难忘记忆。

潮艺团与潮曲合唱班联合演出诗朗诵伴舞

潮艺团与潮曲合唱班联合演出月琴弹唱

潮艺团与潮曲合唱班联合自编自导自演《高歌一曲春到来》

潮艺团与潮曲合唱班联合参加"幸福汕头　潮剧潮曲专场晚会"

潮艺团与潮曲合唱班联合参加《心中的歌献给党和祖国》演唱会

潮艺团演出古
装潮剧《彩楼记》

潮艺团演奏潮
州大锣《抛网捕
鱼》、潮州音乐《柳
青娘》

潮艺团锣鼓队在汕头市华侨公园参加"圆梦"公益演出

潮艺团演出《洞
房花烛》

潮艺团总结表
彰大会暨文艺联欢
会现场实况

潮艺团总结表
彰大会暨文艺联欢
会全体成员合影

潮艺团领导成员合影

作者与恩师、艺坛好友合影

作者与潮艺
团原汕头市红阳
潮剧团领导成员
合影

作者2009年参加上海戏剧学院潮剧高级编导研修班结业合影